LES PANTINS DU BOULEVARD

PIERRE VÉRON

LES PANTINS

DU BOULEVARD

PARIS

ARNAUD DE VRESSE, LIBRAIRE-ÉDITEUR

55, RUE DE RIVOLI, 55.

LES
PANTINS DU BOULEVARD

UNE SAGESSE A REFAIRE

—

— Oui, monsieur, me dit-il, je prépare un ouvrage qui, j'ose l'espérer, produira quelque sensation dans le monde... Désirez-vous du café ?

— Merci, je n'en prends jamais.

— Un livre qui devrait être fait depuis longtemps... Vous avez tort de ne pas aimer le café,
c'est un stimulant de premier ordre... Un livre

1

dont j'ai eu l'idée, il y a au moins dix ans; mais vous savez... La vie est si cahotée aujourd'hui qu'on n'est pas maître de ses projets... Maintenant, toutefois, je suis absolument décidé à me mettre à la besogne...

— Et pourrait-on vous demander quel sera cet ouvrage important?

— Il s'intitulera, monsieur, la NOUVELLE SAGESSE DES NATIONS... Vous comprenez le sujet du premier coup, n'est-ce pas? L'ancienne sagesse a fait son temps, comme toute chose ici-bas. En ma qualité d'observateur, je me suis aperçu que les vieux proverbes du passé étaient un tas de radoteurs qui ne savaient pas le premier mot de ce qu'ils disaient; autre époque, autres devises; tout a changé autour de nous, lesdits proverbes seuls ont la prétention de rester inamovibles. C'est absurde en vérité, absurde... Il y a, par conséquent, à composer un petit traité qui modifiera les uns, abolira les autres, rétablira les faits, formulera les principes à la mode de 1868, donnera enfin le *la* de la moralité publique, et c'est ce traité que je suis décidé à écrire... Vous offrirai-je un peu de chartreuse?

* * *

Celui qui me parlait ainsi, l'autre soir, à l'issue d'un aimable dîner intime et tandis qu'on fumait le cigare de la digestion, celui qui me parlait ainsi était un petit homme d'environ cinquante ans, actif, pétulant, mobile, dont la tête pétillait sans cesse sous ses cheveux gris pommelés.

On nous l'avait présenté comme un excentrique; il nous avait en outre appris dans la conversation qu'il était à la fois docteur en droit et docteur en médecine, mais de préférence rentier et philosophe.

En achevant la tirade ci-dessus transcrite, le fougueux petit bonhomme avait humé en dégustateur la moitié d'un verre de la liqueur verte à laquelle la vogue a fait une incompréhensible célébrité, après quoi, reprenant avec la même ardeur le dialogue que sa loquacité changeait plus souvent en monologue :

— N'est-ce pas que j'ai raison et que je ferai là une œuvre éminemment utile ?

Pour ma part, chaque fois que je me trouve en face d'un de ces axiomes surannés qui prennent à contre sens notre société métamorphosée, je me sens pris de colères, proches voisines de l'exaspération. Vous rencontrerez, par exemple, des gens qui viendront vous dire d'un air pénétré :

« *Péché avoué est à moitié pardonné.* »

Va-t'en voir s'ils viennent, Jean... En théorie et au point de vue de la sincère humilité, c'est parfait, parbleu ! mais dans la pratique !... c'est tout juste le contraire de ce que le monde vous demande. Qu'exige-t-il en effet aujourd'hui ? Qu'on sauve les apparences. Cela fait, il se tient pour content et n'en demande pas davantage.

Avouer ses péchés, mais c'est vouloir faire scandale... Cachez-les plutôt, cachez-les avec un air jaloux aux regards indiscrets et l'on vous saluera tout comme si vous étiez le plus respectable des prix Montyon... N'y a-t-il pas toujours avec l'hypocrisie des accommodements?... Vous seriez bien aimable de me rouler une cigarette.

— Volontiers.

*
* *

— Prenons un autre exemple, reprit mon bizarre interlocuteur en allumant la cigarette que je lui avais confectionnée.

Quel langage vous tient la vieille sagesse des nations, celle que je prétends saper par la base, quel langage vous tient-elle, si vous lui demandez une règle de conduite générale ? Elle vous répond béatement — j'allais dire bêtement — que « *tout vient à point à qui sait attendre.* »

Est-ce assez absurde! assez routinier! assez ridicule!

Attendre! c'était bon, sans doute, du temps des diligences et des coucous obstinés. Attendre!...

Est-ce qu'on a le temps d'attendre aujourd'hui ?

Vous, monsieur, vous avez du talent, c'est fort possible, mais je vous garantis que si vous n'allez pas à la montagne, ce ne sera jamais la montagne qui viendra à vous. Il y en a des milliers de gens qui ont du talent et qui meurent de faim dans leur coin. Pourquoi? Parce qu'ils attendent.

Attends les causes, avocat naïf, et tu verras si jamais elles sonnent à ta porte obscure.

Attends les malades, médecin candide, et tu verras si seulement un rhume de cerveau te confie ses destinées.

Ce qu'il faut, c'est provoquer l'attention, n'importe à quel prix, c'est la harceler, la saisir au collet, lui mettre la notoriété sous la gorge...

Attendre!... Merci bien!... La salle d'attente, c'est l'hôpital pour les infortunés qui se laissent berner pas cette doctrine grotesque...

*
* *

— Pardon, essayai-je d'objecter, mais...

— Il n'y a pas de mais, c'est absolu, c'est radical. Tous les proverbes, tous, sont à revoir, à corriger, à retourner, à revernir.

« *Il ne faut pas courir deux lièvres à la fois* » prétend un de ces encroûtés... Deux, soit; car, de nos jours, chacun en court trois, quatre ou cinq.

Le marchand de nouveautés est à la fois ouatier, fourreur, cordonnier, mercier, marchand de parapluies... Que sais-je ?... L'épicier se fait fruitier, la crémière s'improvise restaurant, les savants s'établissent hommes politiques; les hommes politiques font des vaudevilles pour les petits théâtres.

Et ainsi de suite.

Nul n'est content de sa spécialité et brûle d'y adjoindre une annexe quelconque.

Le musicien a la prétention d'écrire les paroles de ses opérettes, le librettiste aspire à mettre en musique ses paroles ; l'agent de change compose des romans ; l'employé est presque unanimement doublé d'un journaliste.

Pas deux lièvres ! A quoi pensez-vous ? On a

tant de mal à faire un civet au prix où sont les accessoires !

*
* *

— Il est vrai que...

— Oh ! oui, c'est vrai, monsieur... Oh ! oui, c'est vrai !

Consultez encore les proverbes ; il vous assureront qu'un « *tiens vaut mieux que deux tu l'auras.* » Ils ajoutent même pour confirmer leur première assertion que « *mieux vaut tenir que de courir.* »

Cela n'a pas l'ombre du sens commun... Regardez plutôt ce monsieur qui a cent mille livres de rente et qui est en train de les manger pour se donner le luxe d'une écurie de sportsman... Il gagnera en cinq ans un prix de mille écus qui lui reviendra à cinq cent mille francs. Si c'est là ce qu'on appelle aimer mieux tenir que de courir !...

Regardez aussi cette queue interminable qui se

faufile tout le long, le long de cette maison opulente.

La maison est celle d'un banquier ; la queue est composée de gens qui viennent, à la première réquisition de la réclame, apporter leur argent : des économies laborieusement amassées.

Pourquoi les apportent-ils ! Ils n'en savent rien ; car ils ne connaissent ni l'affaire qu'on lance, ni le financier qui en est le lanceur. Ils accourent, parce que les sages ne peuvent rester insensibles au rappel de l'illusion, parce que c'est la logique des ambitions excessives, parce que l'expérience de la veille ne profite jamais au lendemain, parce qu'enfin tous préfèrent les deux *tu l'auras*, si incertains, si mensongers qu'ils puissent être, au *bon tiens* qu'ils ont dans les mains.

La preuve, monsieur, que ce dicton est insensé, c'est qu'il y a, place de la Bourse, un grand monument à colonnes, où l'on ne fait pas autre chose que de jouer, du matin au soir, des *tu l'auras !*... Soyez donc assez aimable pour me faire encore une cigarette...

1*

— La voici !...

— Mille grâces, recommence notre intarissable causeur... Vous comprenez que je ne prends même pas la peine de relever les monstruosités qui sautent trop évidemment aux yeux.

Puisque les proverbes assurent que « *les loups ne se mangent pas entre eux,* » je pense tout simplement à MM. A. B. C. D..., et je hausse les épaules.

Quand on vient me raconter qu'à *l'œuvre on connaît l'ouvrier*, je songe à tel ou tel théâtre entièrement, exclusivement voué à M. X ou à M.Y. Vous aurez beau apporter un chef-d'œuvre, la place est prise ; les commandes pour toute la saison sont faites au fabricant en renom.

Que seront ses produits ? On ne s'en inquiète pas ; sa marque de fabrique suffit ; c'est donc, par conséquent, l'ouvrier et non l'œuvre dont on a souci.

Énormité aussi, cet axiome de je ne sais quelle date : « *Dis-moi qui tu fréquentes, je te dirai qui tu es.* »

C'était bon, monsieur, pour les siècles primitifs où l'on ignorait les règles fondamentales de l'habileté. En 1867, le moyen le plus infaillible de se tromper sur la qualité des gens, c'est de consulter le milieu dans lequel ils vivent. La raison en est bien simple; tout le monde ne travaille qu'à une chose: sortir de sa sphère.

Le parvenu veut, au prix de n'importe quelle rebuffade, se faufiler dans les salons de l'aristocratie; le banquier ne rêve que la fréquentation des artistes, le filou se mêle aux honnêtes personnes qu'il parvient à aveugler, et c'est pour lui un porte respect d'emprunt.

L'ouvrier s'endimanche, et, affublé d'une redingote qui le gêne, s'en va dans les cafés du commerçant...

Dis-moi qui tu hantes et je te dirai ce que tu n'as pas, voilà la réalité. Il n'y en a plus d'autre... Une cigarette... La dernière!... Bien obligé.

*
* *

Et notre homme de reprendre :

— Vous devez commencer à être convaincu de l'utilité, de l'excellence de mon livre futur... Que serait-ce, si je voulais poursuivre la revue de ces non-sens ?

« *Il faut hurler avec les loups,* » déclare la sagesse des nations à laquelle j'ai voué une haine à la Caton...

Mais, sotte que tu es, ta formule sent le moisi... Il en est une autre qui est l'expression exacte du prudhomisme contemporain ; celle-là dit : « *Il faut béler avec les moutons,* » avec les moutons de Panurge, bien entendu...

Malheur à qui les contre-carre ! Malheur à qui ne fait pas: *Bai ! bai ! bai !* Malheur à qui a une originalité vraie ! Celui-là sera mis à l'index, méconnu, baffoué.

Le poncif, au contraire, le convenu, le terre à terre triomphe sans difficulté...

Bai! bai!... Bêlez, bêlez encore, bêlez toujours, c'est...

*
* *

— Messieurs, intervint le maître de la maison, on passe au salon... La musique va commencer.

LES COURONNES

(ÉTUDE DE MORALE)

—

I. — LA COURONNE DU COLLÉGE.

LE PROFESSEUR *faisant fonction de greffier.* — *Thème latin.* Premier prix : l'élève Duflambeau.

UNE VOIX DE FEMME *dans l'assistance.* — Ah ! Henri !... L'émotion... la surprise...

UNE VOIX D'HOMME. — C'est rien... Remets-toi, madame Duflambeau... Eh bien, oui, c'est notre Polyte qu'est couronné... Bravo, Polyte!... De quoi! C'est pas permis à une famille de s'épancher?... Qu'on vienne donc m'insinuer quelque observation !... Je me saigne assez aux quatre membres pendant toute l'année pour avoir le droit de crier pour notre argent... Bravo, Polyte !... Tiens ! regarde-le... si on dirait jamais un fils de fruitiers... V'là qu'il embrasse M. l'inspecteur... Polyte, donnes-y-en un aussi pour moi, à ce cher homme du bon Dieu !... Bravo, Polyte ! ! !

II. — LA COURONNE DE COMTE.

Un monsieur lisant une lettre :

— Telles sont, monsieur, les conditions auxquelles il me sera possible de vous faire obtenir le titre de comte du grand-duché de Crakensberg... Six mille francs comptant, c'est roide.

Mais quand on a gagné trois millions dans les cassonnades et qu'on a de l'ambition...

Comte du grand-duché de Crakensberg, cela sonne !...

Que diront seulement mes parents, les Claquinet, du Grand-Charonne?

Bah! s'ils disent quelque chose, j'en serai quitte pour ne plus les voir.

Je jouerai à qui perd gagne.

Écrivons que nous acceptons les six mille francs comptant.

III. — LA COURONNE DE ROSIÈRE.

« Mon petit Bastien,

« Tu sais que c'est la semaine prochaine qu'on doit procéder à l'élection d'une rosière.

« Pour lors qu'il faut ne plus nous donner des rendez-vous dans le bois, près de la mare aux Grenouilles.

« Tu comprends que si quéqu'un nous apercevait, il pourrait faire des médisances.

« Ce n'est du reste qu'un moment à passer, et

quand l'élection sera faite, je t'écrirai de toutes les façons.

« A bientôt, mon petit Bastien.

« CLAUDINE CHAMPIN. »

IV. — LA COURONNE DE THÉATRE.

Le fort ténor est en scène :

Ah ! viens, viens, je cède éperdu...

Eh bien, qu'est-ce qu'ils font, ces animaux-là ? Ils ont donc oublié le signal ?...

Je leur avais dit : Vous me jetterez la couronne quand, à la fin de l'acte, je me gratterai l'œil gauche... J'ai gratté, et...

Au transport qui m'enivre,
Au transport qui m'enivre...

Les brutes !...

Ayez donc confiance dans vos domestiques... Je leur ai fait donner exprès une avant-scène...

Ils me regardent encore !...

Et la couronne ?...

Une couronne de cent cinquante francs !...

Ton amour, ton amour m'est rendu.

Avec les feuillages dorés !

Ils ont peut-être mangé l'argent.

Pour t'aimer, je veux vivre !

Ah !... je l'entrevois...

Une, deux, ça y est !...

Le fort ténor se baisse pour ramasser la couronne.

Le public est piqué d'enthousiasme.

LE FORT TÉNOR *souriant avec amour*. — Les canailles ! les feuilles ne sont qu'argentées. Ils auront bu le vin pur !

V. — LA COURONNE DE FLEUR D'ORANGER.

Est-il assez laid, mon futur ?

Et vieux !

Mais s'il se figure que je m'amuserai à lui tenir les os de la tête.

J'aurais dû me faire faire par contrat une donation entre-vifs.

Au moins j'aurais pu ensuite agir comme j'aurais voulu.

Oui, va, je te conseille de me regarder avec des yeux tendres.

Cela le rend plus affreux encore.

J'aurais dû exiger une hypothèque pour la somme qu'il m'a reconnue...

Dieu! que cette journée me semble longue!...
Et courte!...

VI. — LA COURONNE D'IMMORTELLES.

L'héritier suit le convoi.

Il plonge convulsivement sa tête dans son mouchoir.

— Hi! hi!...

LES ASSISTANTS. — Quelle affliction !

— Pauvre jeune homme !

— Noble cœur !

L'HÉRITIER. — Hi ! hi !...

LES ASSISTANTS. — Ça fend l'âme !

— C'est navrant.

— Il l'aimait tendrement.

On arrive ainsi aux abords du cimetière.

L'HÉRITIER. — *à un intime, supra voce.* — Va lui acheter trois couronnes... Pas plus de trente sous pièce... C'est bien assez bon pour un vieux ladre comme il l'était !

UNE HISTOIRE DE CHASSE

—

— Beaulardon ? fit-elle.

— Mimie ?

— Beaulardon, est-ce que tu n'iras pas à la chasse cette année ?

— Moi !

— Oui... tu sais bien que c'est un de tes plaisirs favoris.

— Sans doute, mais...

— Ne vas-tu pas te faire prier ?

— Je t'assure...

— Tu m'assures tout ce que tu voudras. Moi, je

te dis que la chasse te fera du bien. Tu commences à prendre du ventre...

— Comment ! je commence...

— A quoi bon le dissimuler, vilain coquet ! Est-ce que l'on t'en aimera moins pour cela ?

— A la bonne heure !

— Est-ce que vous en doutez ?

— Non, Mimie.

— Je voudrais bien voir que...

— Tu ne verras rien, puisque je te dis que je ne doute pas.

— Voılà qui est convenu. Quand partiras-tu ?

— Comment ! quand je partirai ?

— Naturellement, puisqu'il est décidé que tu dois chasser.

— Décidé...

— As-tu ton port d'armes ?

— Certainement que je l'ai. Tu sais bien que j'en prends toujours un.

— Voyez-vous cela, l'hypocrite ! Il ne voulait avoir l'air de rien !

— Je te jure...

—Ne jure pas, ou je croirais que tu vas mentir.

— Mais c'est toi qui me...

— Allons ! embrasse-moi. Est-ce que je suis de ces femmes égoïstes qui prétendent tenir leurs maris sous séquestre !

— C'est que je crains... Tu vas bien t'ennuyer en mon absence.

— M'ennuyer... A coup sûr, je ne m'amuserai pas ; mais tu m'écriras.

— Comme de juste.

— Je vais te préparer tout ce qu'il te faut.

— Si vite ?

— Tu seras plus tôt revenu.

— Comme tu voudras.

— N'est-ce pas l'ouverture ?

— A propos...

— Mimie ?

— Tu auras soin d'emporter des gilets de flanelle pour te changer, parce que je te connais.. Tu mouilles deux chemises par jour quand tu cours après tes perdreaux !

— Le fait est que...

— Sois tranquille. C'est moi qui ferai ta malle, moi-même.

— Ne te fatigue pas.

— Ce n'est rien... Julie!.. Julie!.. apportez-moi la malle de monsieur... Tout en causant... où vas-tu, au fait?

— Je n'en sais rien.

— Chez les Vauchelet, dans la Sarthe? Ils t'invitent depuis des années et des années à l'ouverture.

— C'est un peu loin.

— Alors dans la Brie, chez ton ami Migeotin, un camarade de collége?

— Je préfère cela.

— Alors il n'y a pas besoin de chercher. Pourvu que tu t'amuses...

— Es-tu gentille!

— Parce que je t'aime, n'est-ce pas?

— Embrasse-moi!...

*
* *

Deux jours après, Beaulardon, escorté de son épouse et en tenue de Nemrod parisien, se dirige vers le chemin de fer de l'Est.

Le couple roule dans un fiacre : car madame a tenu à accompagner monsieur.

— Surtout pas d'imprudences, Émile.

— Mimie, sois tranquille.

— Un malheur est si tôt arrivé !

— A qui le dis-tu ? Il y a trois ans, tu te rappelles Badoureau ?...

— Quel Badoureau ?

— Ce pauvre Badoureau, qui, croyant tirer un lièvre, a envoyé toute sa charge dans les reins de l'huissier de Villers-Cauterêts.

—Il me semble que dans ce cas-là c'était l'huissier qui était le plus à plaindre.

— Sans doute ; mais je te cite cela comme je te

citerais autre chose, à propos d'accidents de chasse

— Prends garde d'oublier de désarmer ton fusil pour sauter les haies.

— Oui.

— Nous y sommes.

— Ma valise ?

— La voilà... Tu as ta flanelle dans le compartiment du dessous.

— Adieu !

— Adieu!

— Pense à moi !

— Toi aussi!

*
* *

Le lendemain de son arrivée, Beaulardon, en se levant et en bouclant ses guêtres, se prit à froncer le sourcil.

— C'est drôle, monologua-t-il tout en fronçant... Positivement, c'est drôle...

Plus j'y réfléchis et plus je trouve que ma femme avait un air singulier quand elle m'a parlé de mon départ...

Elle me poussait..., elle me pressait...; on aurait dit qu'elle avait hâte d'être débarrassée de moi!...

Débarrassée!... Mais alors?...

Allons donc!... On a comme cela des idées... Où ai-je fourré mes paquets de cartouches? Dans le...

Eh bien, non! Elle avait l'air singulier. Avec cela qu'elle serait la première femme qui aurait...

Il n'y a pas de prétexte plus répandu. Il suffit d'avoir vu trois vaudevilles dans sa vie pour le savoir. Toujours, dans les vaudevilles, la femme qui veut que son mari... pour que... Enfin, suffit....

C'est invariablement à la chasse qu'elle l'envoie....

Corbleu!... Si je supposais!...

Voilà bien la présomption! Pourquoi ne supposerais-je pas? On en a trompé de plus beaux que moi... et de plus malins aussi. ..

Euphémie a l'air de m'adorer, c'est vrai; mais raison de plus!...

Corne de cerf!... Encore une exclamation malheureuse qui me vient naturellement... Corne de... Ma tête travaille, travaille... Tant pis !

J'en veux avoir le cœur net...

Elle ne m'attend pas. C'est le moment de la surprendre si...

Je retourne à Paris.., Je me cache... Demain matin j'envoie un commissionnaire la demander sous un prétexte quelconque, et je m'assure qu'elle n'a pas profité de mon absence pour déserter le domicile conjugal.

*
★ ★

Une heure après, Beaulardon roulait en wagon vers la capitale.

*
* *

Pendant ce temps, à Paris, se passait la contre-
partie de la scène précédente.

— C'est particulier, pensait madame Beaulardon livrée à elle-même, quand je lui ai proposé
cette partie, Émile était évasif, lui qui, d'ordinaire,
était toujours le premier à me demander la per-
mission d'aller chasser...

Ce n'est pas naturel...

Après cela, il craignait peut-être de m'être dé-
sagréable... Pourquoi, alors, ne le craignait-il
pas les autres années? Si je savais.... Les hommes
sont tellement perfides!

Il était capable de se faire prier pour mieux
abuser ma confiance.

Oui, plus j'y réfléchis et plus...

Mon Dieu! mon Dieu!... Comment faire?...

Tant pis!...Je n'y tiens plus. Je vais à Meaux...
Je m'y tiens cachée et j'envoie un messa-

ger demander M. Beaulardon chez son ami Migeotin....

Ah! s'il me trompait, je ne le reverrais de ma
vie!...

*
* *

Une heure après, madame Beaulardon roulait
en wagon vers Meaux. Son convoi rencontre celui
où se trouvait son époux.

Mais ils ne se virent pas.

*
* *

A Meaux:

— Madame, fait le commissionnaire, M. Beaulardon n'a fait que toucher terre ici. Il est reparti
tout de suite sans dire où il allait...

— Parti!... J'en étais sûre!... Il me .., il me...,
il me.... Je n'ai plus qu'à me retirer chez ma mère!

*
* *

A Paris:

— Monsieur, fait le commissionnaire, madame Beaulardon n'a pas couché cette nuit chez elle.

— Pas couché !.... Pas.... Je m'en doutais !... Je.... je sais ce qu'il me reste à faire....

*
* *

Beaulardon et sa femme plaident en séparation.

LA SEMAINE DES QUATRE JEUDIS

FANTAISIE

—

C'est un souvenir de collége... Vous l'avez.
n'est-ce pas, conservé comme moi?

C'est un souvenir de collége, — et, lorsqu'entre
camarades on se faisait une demande qui devait
être accueillie par une fin de non-recevoir, l'un
répondait invariablement à l'autre :

— Oui! je t'en souhaite!... La semaine des
quatre jeudis!...

La semaine des quatre jeudis! C'est-à-dire la
semaine des impossibilités, des invraisemblances,
des inouïsmes; la semaine du renversement de

toutes les traditions, de toutes les habitudes ; la
semaine de l'imprévu, de l'étrange, de l'excentrique.

Quand nous étions bambins, cette formule nous
faisait beaucoup rire. Depuis que je suis devenu
homme, je me la suis rappelée maintes fois, mais
toujours sérieusement, toujours en me disant que
ce serait peut-être un grand bien pour l'espèce humaine que de voir venir soudain cette échéance
illusoire.

Tant et si bien que l'autre jour, dominé par cette
idée, j'ai fait le rêve le plus baroque qu'il se puisse
imaginer. Oui, monsieur, le plus baroque, c'est
parfaitement le mot.

Figurez-vous — où diable va-t-on chercher de
pareilles sornettes? — figurez-vous que, dans ce
diable de rêve, il me semblait que l'heure de la
fameuse semaine des quatre jeudis avait sonné.
Toutes les utopies de la veille s'étaient soudain
changées en réalités ; toutes les routines étaient
culbutées, toutes les originalités étaient de mise.

Chaque coup d'œil jeté autour de moi me plon-

geait dans des suprises nouvelles. Chaque découverte faite par moi était suivie d'un ahurissement.
Mais procédons méthodiquement, et reprenons
les choses de plus haut.

Dans mon rêve, donc, je venais de me réveiller.
C'était le matin. Mon domestique — j'avais un
domestique! — accourait à mon premier coup de
sonnette, au lieu de me laisser attendre un bon
petit quart-d'heure, comme c'est la coutume de
ses honorables collègues. Empressé sans excès de
zèle, obséquieux sans adulation, il prévenait mes
moindres désirs, allait, venait, rangeait, puis
avant de se retirer, sur un signe que je lui avais
fait, tirait de sa poche un beau louis neuf, et du ton
le plus simple du monde :

— J'ai l'honneur de remettre à monsieur cette
pièce d'or, que j'ai trouvée hier sous le lit de monsieur, où elle avait roulé probablement sans que
monsieur s'en aperçût.

— En effet, Jean, mon ami, vous auriez pu la
garder, si telle avait été votre envie, car je ne sais
jamais le compte de...

3

J'aurais pu, monsieur, mais je ne l'ai pas voulu, car c'est aujourd'hui que commence la semaine des quatre jeudis...

Sur ce, maître Jean sortait en me faisant une révérence solennelle.

Cette entrée en matière m'avait quelque peu étonné déjà, et, sentant le besoin de rafraîchir mes idées, j'allais à ma fenêtre; je l'ouvrais, et je m'acccoudais à mon balcon.

Juste ciel! Quel spectacle s'offrait à moi! Plus de crinolines! Plus de toilettes extravagantes! Toutes les femmes — toutes — revenues à la simplicité de l'âge d'or! Toutes cheminant les yeux modestement baissés!

Charmé autant que stupéfait, je ne pouvais me lasser de savourer cet agréable coup d'œil; mais les tiraillements impérieux de mon estomac venaient me rappeler que je n'avais pas déjeûné encore. J'achevais de m'habiller. Je descendais et me dirigeais vers le restaurant voisin.

— Garçon! la carte!

— Voici, monsieur.

— Donnez-moi un turbot.

— Je ne conseille pas ce poisson-là à monsieur. C'est un reste d'avant-hier que nous nous proposons de couler à quelque étranger.

— Ah ! bah !...

— En d'autres temps, je ne l'aurais pas dit à monsieur, mais dans la semaine des quatre jeudis.

— C'est juste... J'oubliais...

Pendant toute la durée du déjeûner, les mêmes prévenances se renouvelaient. Aussi, au moment de l'addition, désireux de reconnaître l'empressement exceptionnel du garçon, déposais-je sur l'assiette dans laquelle il venait de me rapporter la monnaie un pourboire princier. Mais lui, repoussant les présents d'Artaxercès :

— Pas aujourd'hui !... Nous avons aboli pour toute la durée de la semaine des quatre jeudis cet impôt vexatoire et absurde qui humiliait notre dignité ! Nous sommes des travailleurs et non pas des mendiants.

Pour le coup, je ne savais plus trop où j'en étais

et je me mettais à arpenter les rues, afin que le grand air me remît un peu d'ordre dans les idées. O nouvel ébahissement! Déjà je marchais depuis une demi-heure et je n'avais pas rencontré une seule démolition, pas un seul locataire exproprié suivant d'un air mélancolique la voiture de déménagement, pas un macadam en état de réparation!

Partout la circulation était libre et sans entraves. Ni fondrières, ni marécages, ni plâtras pleuvant du sixième étage.

Il y avait de quoi me faire douter de mon état mental. Justement sur ma route apparaissait l'écusson de cuivre d'un docteur-médecin... Je montais pour le consulter.

— Docteur, je suis fort inquiet. Je crois que je perds la raison... Veuillez m'examiner.

— Volontiers... Votre pouls... Votre langue... Ne bougez pas... Cela suffit. Vous n'avez rien, absolument rien, et vous auriez pu vous dispenser de...

— Merci, docteur... Quel est le prix de votre excellente consulta...

— Vous ne me devez rien, puisque je ne vous ai été d'aucune utilité.

— Cependant, vingt fois, des médecins qui ne m'avaient pas été plus utiles que vous m'ont demandé...

— Autrefois, c'est possible... Mais autrefois nous n'étions pas dans la semaine des quatre jeudis!

Tout joyeux et me confondant en remercîments, je redescendais l'escalier de cet honnête homme. De loin, j'apercevais un rassemblement nombreux. J'approchais et je reconnaissais la porte de la salle Herz.

Au milieu de la cour, un jeune homme en habit noir haranguait la foule.

— Mesdames et messieurs, disait-il,

La conscience me fait un devoir de vous déclarer que je ne suis encore sur la clarinette que de cinquième force. Je donne un concert pour arriver à me faire connaître et pour essayer de vaincre ma timidité. Peut-être aurai-je du talent un jour; mais il est bien entendu que ceux qui entreront et payeront au bureau leurs cinq francs ne doivent pas s'attendre à en avoir pour leur argent. C'est à titre de simple encouragement qu'ils m'offriront cette modique somme...

A ce petit discours la foule applaudissait, et un certain nombre d'amateurs dévoués franchissaient les Thermopyles du contrôle.

—A la bonne heure ! pensais-je en m'éloignant, voilà qui est loyal de part et d'autre !... Bénie soit à jamais la semaine des quatre jeudis qui nous vaut ces surprises... Je veux achever de m'édifier en parcourant tout Paris... Cocher! cocher!...

L'automédon que j'avais ainsi hêlé me répondait par un salut, accostait le trottoir, descendait de son siége, m'ouvrait la portière avec toutes les manifestations de la plus profonde déférence.

Encore un miracle de plus !

— Cocher, au Palais !...

Au moment où je pénétrais à la première chambre du Tribunal civil, on plaidait. L'un des avocats venait de se lever et d'une voix émue :

— Messieurs,

Il y a huit jours, dans ma première plaidoirie, j'avais avancé plusieurs faits controuvés, dans l'espoir de gagner ma cause. Je viens aujourd'hui retirer spontanément ces assertions et reconnaître la parfaite honorabilité de la partie adverse.

— Messieurs, je demande la parole à mon tour, exclamait le second avocat de l'affaire. Moi aussi, j'ai à faire mon *meâ culpâ*. J'ai terni par des imputations calomnieuses la réputation du client de mon éloquent adversaire. Je déclare que je le tiens pour le plus galant homme du monde. J'ajouterai que la plupart de mes arguments ne valaient pas le diable et qu'en conscience je crois que nous avons tort. Les juges apprécieront.

— Cocher! à la Société des gens de lettres...

On était en pleine séance quand j'arrivais. Un ordre admirable présidait à la délibération. Une cordialité parfaite régnait dans l'assemblée. Tout le monde, confondu en un même esprit de conciliation, se souriait du regard. Toutes les mains se serraient fraternellement.

— Cocher! à l'exposition de peinture...

Devant l'entrée, un groupe d'artistes causait.

— Le jury, disait l'un, a eu raison de me refuser ma *Stratonice*. Je ne sais ni peindre ni dessiner... Le jury, disait l'autre, m'a épargné les lazzi d'un public sévère, mais juste... Le jury m'a sauvé du ridicule, disait un troisième... Vive le jury! reprenait tout le monde en chœur...

— Cocher! Qu'y a-t-il donc là-bas, à la porte de cette mairie?

— Bourgeois, c'est un mariage qui vient de manquer...Un vieux garçon très-riche qui épousait une pauvre jeune fille... Mais au moment de dire oui, comprenant l'odieux du rôle qu'il jouait, il a déclaré qu'il retirait sa candidature, et qu'il constituait à la fiancée une dot de cent mille francs, pour qu'elle prît pour mari un très-brave garçon qu'elle aimait...

— Cocher!... arrêtez un instant, que j'achète un journal... Eh quoi!... pas une faute de français dans tout ce feuilleton... C'en est trop... Cocher! à l'Observatoire!...

La voiture roulait de nouveau; j'arrivais au monument où réside M. Le Verrier. J'étais, — sans avoir à faire antichambre, — introduit devant l'illustre savant, et d'un ton suppliant :

— Monsieur, lui disais-je, je viens vous adresser une très-humble supplique... Enthousiasmé, attendri, ravi par tout ce que je vois depuis ce matin, je viens vous demander de vouloir bien modifier l'almanach, de façon que la bienheureuse semaine des quatre jeudis ait désormais 365 jours par an.

M. Le Verrier souriait, toussait légèrement..

. . . .

Et je me suis réveillé en sursaut. Et en me réveillant, je me suis aperçu que j'avais été le jouet d'un cauchemar.

La semaine des quatre jeudis n'a jamais existé et n'existera probablement jamais. Avouez que c'est bien dommage !

ENTRE CHIENS

—

A l'Exposition canine, — au moment où l'affluence des visiteurs était à son comble.

Ces messieurs les chiens sont en loges — comme des artistes.

UN TERRIER *mauvais coucheur*. — Quel malheur !... S'ils ne me font pas mal, tous ces imbéciles-là !

UN CANICHE *indulgent pour les faiblesses humaines*. — Pourquoi leur en vouloir de leur curiosité ?... Les hommes ne sont pas aussi méchants que vous le dites. Mon père m'a souvent raconté que, du temps qu'il servait un aveugle, la charité lui valut des pâtées exquises.

LE TERRIER. — C'est cela!... parce qu'ils ne nous laissent pas mourir de faim, il faudrait leur être reconnaissant. Mais qu'on me laisse commander mon dîner moi-même, et on verra si je ne me procure pas du rat à discrétion. Au lieu de cela, toujours des colliers! des chaînes! des...

UN GRAND LÉVRIER (*bêtise et beauté*). — C'est joli, les chaînes! cela meuble la physionomie.

LE TERRIER. — As-tu fini, gandin!

LE CANICHE. — Oh! la jolie femme!

LE TERRIER. — Où ça? là-bas?... Connue! c'est madame ***. Ses domestiques venaient toujours rendre visite à ceux de la maison où je suis en servage, et ils en racontaient de drôles sur les sorties de madame.

UN PETIT GRIFFON (*gamin de Paris à quatre pattes*). — Conte-nous donc ça, ce doit être rigolo.

UN KING'S-CHARLES *offensé*.—Rigolo! quel style!

Comment ma maîtresse m'a-t-elle commis en pareille société?

LE GRIFFON. — Des manières!... Monsieur a eu de ses aïeux aux croisades? Excusez!

LE TERRIER. — En attendant, si madame *** vient ici pour prendre des leçons de fidélité, elle a joliment raison.

LE CANICHE. — Oh! n'insultez jamais une femme qui...

LE GRIFFON. — Des bêtises!... On voit bien que le papa de monsieur était dans les clarinettes d'aveugles...

UN CHIEN ANGLAIS. — Aïh!... Je mangerais volontiers.

LE GRIFFON. — Qu'est-ce qu'il raconte, cet insulaire-là!

LE KING'S-CHARLES. — Si vous aviez comme moi reçu une bonne éducation, vous sauriez que...

LE TERRIER. — Regardez-moi un peu ces têtes!... Décidément je commence à leur avoir de la reconnaissance de venir s'exhiber ainsi. Tourne-toi donc un peu, toi, grand efflanqué... Comment, il me trouve laid ?... Eh bien, mais il ne s'est donc jamais contemplé dans une glace ?...

En ce moment une querelle éclate dans les compartiments.

C'est un chien russe qui se prend de dispute avec un chien polonais.

LE CHIEN RUSSE. — Tu as beau dire, je suis le plus fort.

LE CHIEN POLONAIS. — Patience !...

LE GRIFFON FRANÇAIS. — Quel malheur d'être lié et de ne pouvoir aller au secours de cet ami-là !

LE CHIEN ANGLAIS.. — Aïh !... A quelle heure dinera-t-on donc ?...

LE TERRIER. — Attention ! une paire d'amis !... Je reconnais cela du premier coup d'œil.

LE CANICHE. — Eh bien, c'est un spectacle digne d'admiration. L'amitié est si...

LE TERRIER. — Si quoi ? Tu vas te lancer dans les tirades !... Je te parie que, de ces deux amis-là, il n'y en a pas un qui ne trahisse l'autre pour plus ou moins cher... Simple question de tarif.

LE CANICHE. — Pourquoi ce doute ?

LE TERRIER. — Ce n'est pas un doute, c'est une certitude. L'homme n'a qu'un ami. Celui-là lui lèche la main quand il est battu. On l'appelle le chien... et on le traite à coups de fouet.

LE GRIFFON. — Il a du bon, le misanthrope !... S'il était né à deux pattes, il aurait fait des comédies satiriques pour l'Odéon !

LE TERRIER. — Pourquoi pas ?... Les chiens n'ont que de l'instinct, mais ils en tirent parti. Les hommes ont la raison, mais ils ne s'en servent pas.

LE GRIFFON. — A preuve cette demoiselle qui passe.

LE TERRIER. — Oui, à preuve... Plus de jupon, jamais de beauté ; du plâtre, de la parfumerie, de la crinoline... Et dix-sept jeunes gens de bonne famille se sont suicidés ou ruinés pour ces ruines de Palmyre...

LE CANICHE. — Qu'en sais-tu ?

LE TERRIER. — Rien, mais j'en suis sûr...

LE GRIFFON. — Et on nous accuse de voracité ! Comme si nous étions capables de tant manger que cela ?...

LE CHIEN RUSSE *recommançant la querelle.* —
Apprends que la raison du plus fort est toujours
la meilleure.

LE CHIEN POLONAIS. — Attendons la fin, mon
cher... Peut-être la justice prévaudra-t-elle contre...

LE GRIFFON. — Et ça ne serait pas long, mon *fis-
ton*, si je pouvais seulement m'échapper pour aller à ton aide...

LE CHIEN ANGLAIS. — Aïh?... Je voudiais bien
manger...

LE TERRIER. — Celui-là, il ne pense qu'à lui...
Il mériterait d'être homme, ma parole d'honneur...

UN NOCTURNE DE CABINETS

—

Une heure du matin. — Dans un restaurant du boulevard.

En attendant la sortie du bal masqué, les gar-çons se livrent dans les couloirs à des à-comptes de sommeil.

Un profond silence règne dans ces lieux que tout à l'heure animeront les clameurs carnavales-ques des deux sèxes.

Les cabinets particuliers en profitent pour se livrer à un colloque intime qui prouve qu'outre des yeux et des oreilles les murs peuvent encore avoir une langue.

Le numéro 1. — (*Cabinet Louis XIV*). — Palsambleu ! ces marauds-là ne nous laisseront pas dormir tranquilles avec leur maudit carnaval.

Le numéro 2. — (*Sentimentalement*). — Le fait est qu'on n'a plus un instant pour se recueillir.

Le numéro 3. — (*Cabinet bon vivant, tenture de cuir*). — Bah ! que voulez-vous ? il faut bien que jeunesse se passe.

Le numéro 4. — (*Cabinet bourgeois*). — Six couverts, souper de famille ; user du plaisir n'est point un mal, en abuser est blâmable.

Le numéro 5. — (*Cabinet Desgenais, habitué aux journalistes*). — Bravo, Prud'homme ! A quelque heure du jour et de la nuit qu'on frappe à la porte, on est sûr que c'est par une sentence qu'il vous répondra.

Le numéro 1. — Dieu me damne ! si je m'écoutais, au lieu de veiller pour attendre l'avalanche des cuistres ou des manases, je soufflerais mes bougies et je me livrerais aux douceurs du repos.

Le numéro 2. — Et moi, je me laisserais aller au charme des souvenirs... J'entendais autrefois de si doux propos et de si jolis serments !

Le numéro 3. — Ta, ta, ta, laissez-nous donc tranquilles avec vos rêvasseries et vos sentimentalités.... Pourvu qu'on boive sec et qu'on rie franc...

Le numéro 5. — Vous n'êtes pas dégoûté, vous; si vous connaissez l'adresse des gens qui savent boire et rire à l'heure qu'il est, vous me feriez plaisir de me la donner.

Le numéro 4. — Monsieur, pas plus tard que samedi dernier, j'ai encore hébergé trois époux qui avaient mené leurs conjointes au bal de l'Opéra... pour le coup d'œil, et je vous réponds qu'ils ont eu infiniment d'esprit. Un d'eux notamment, fabricant de caoutchouc en gros. Il a chanté au dessert des couplets badins sur l'air de *la Colonne*.

Le numéro 1. — Pouah ! le bélitre, il me tourne sur le cœur avec ses goguettes commerciales.

Le numéro 5. — Que serait-ce donc, si vous saviez la fin... Quand il a fallu payer, ces messieurs, après avoir fait chacun à son tour la preuve de l'addition, ont bataillé pendant une heure pour avoir 50 centimes de rabais sur ces articles.

Le numéro 4. — Que trouvez-vous là de surprenant ?... un sage contrôle doit présider aux dépenses du ménage.

Le numéro 5. — Des représailles économiques ! Le pot au feu jetant son couvercle par dessus les moulins, et en ramassant les morceaux pour les faire raccommoder... mais c'est de la vilenie toute pure.

Le numéro 4. — Au prix où sont les denrées, il me semble qu'il est permis de calculer.

Le numéro 3. — Il va réciter Barême, à présent !

Le numéro 5. — Eh ! eh ! ne pas médire de cet auteur-là, c'est sous son invocation que nous sommes placés maintenant. Si j'étais le chef de cet établissement, je mettrais sur chaque cheminée le buste de ce grand calculateur.

Le numéro 3. — Au lieu de se mettre en frais de bustes, il devrait plutôt nous offrir quelques

mètres de tentures neuves ; mon cuir se lézarde
que, ma parole, j'en rougis quand j'ai du monde.

LE NUMÉRO 5. — Pauvre patron, il gagne si
peü, le cher homme !... Rien que sur les *beur-
res et radis*, il a trouvé moyen de s'acheter cette
année douze Lyon à Genève ! Ça fend l'âme, ma
parole d'honneur !

LE NUMÉRO 2. —En vérité, laissons ces question de chiffres... on dirait que vous ne savez pas
parler d'autre chose.

LE NUMÉRO 4. — J'avoue que cette conversa-
sion ne me déplaît pas.

LE NUMÉRO 5. — Elle ne déplaît pas à bien
d'autres, à preuve ce que nous entendons tous les
jours. Je suis sûr que si nous faisions tous notre
confession...

LE NUMÉRO 2. — Enlever le mystère à l'a-
mour, c'est lui enlever son charme le plus précieux.

LE NUMÉRO 5. — L'amour !... Comment avez-
vous prononcé ce mot-là, mon compère ? L'a-
mour...

Le numéro 1. — C'était bon pour les fêtes ga-
lantes dont je porte la livrée, mais dont je n'ai
pas retrouvé les élégances.

Le numéro 5. — L'amour !... Voulez-vous que
je vous raconte l'histoire du dernier tête-à-tête
dont j'ai été témoin ?

Le numéro 3. — Va pour le récit... je pré-
vois des détails réjouissants.

Le numéro 4. — Je proteste, s'ils doivent
effaroucher nos chastes oreilles.

Le numéro 5. — Il n'y a pas de risque, papa...
un simple cours d'arithmétique.

Le numéro 1. — Les bons comptes font les bons
amis, au masculin comme au féminin.

Le numéro 5. — Ils étaient deux.

Le numéro 2. — L'heureux nombre.

Le numéro 5. — Toi, as-tu bientôt fini de chan-
ter, *cabinet sensible ?* Ils étaient deux : un monsieur et une dame masquée.

— Je crains bien d'avoir été volé, — pensait le
monsieur, en regardant le masque qui ne se sou-
levait pas.

— Je crains bien d'avoir été volée, — pensait la dame en cherchant des bijoux qui ne brillaient dans la toilette de son interlocuteur que par leur absence.

Fin du premier acte.

Second acte. — On mange. — Le monsieur veut résister. La dame commande les choses les plus insensées... Toi, me dis-je, tu es trop difficile de goûts pour ne pas être trop facile de mœurs.

Troisième acte. — On apporte la carte et le masque tombe : quarante printemps et cent vingt francs. Le monsieur fuit et court encore.

Réponse du chœur avec variante :

« Nous sommes sûrs d'avoir été volés. »

LE NUMÉRO 1. — Ton histoire a été vingt fois la mienne.

LE NUMÉRO 2. — J'avoue que moi-même...

LE NUMÉRO 2. — Où donc es-tu, temps précieux du plaisir insouciant et de bon aloi ?...

temps où l'on n'avait pas encore démonétisé la jeunesse et monétisé le plaisir.

Le numéro 2. — Ou êtes-vous donc mes souvenirs d'amour... alors qu'au dessert, lui et elle écrivaient leurs prénoms sur mes murs avec des enlacements symboliques ?

Le numéro 1. — Qu'est devenue la gaieté ?

Le numéro 2. — Qu'est devenue la passion ?

Le numéro 3. — Dites-donc, avec vos litanies vous commencez à me porter sur les nerfs.

Le numéro 5. — Ils n'ont que trop raison.

Le numéro 3. — On s'étourdit, que diable !

Le numéro 5. — Je vous conseille... La tête ne tourne déjà que trop aux gens à notre époque.

Le numéro 1. — Mais alors, pourquoi ne pas arborer franchement les principes ?

Le numéro 2. — Pourquoi conserver le nom quand on n'a plus la chose ?

Le numéro 3. — D'où vient qu'on s'obstine à conserver le carnaval, puisqu'on a perdu l'art de le fêter ?

LE NUMÉRO 2. — Une tradition qui n'est plus utile à rien !

Le patron du restaurant apparaît en ce moment.

— Jean... Joseph !... Eh bien, nous dormons ? Attention !... voilà deux heures et demie, les clients vont arriver. Vous savez, il nous reste d'hier un fort lot de marée, il s'agit de l'écouler... A cette heure-ci, on n'a plus le goût exercé... Comme me disait toujours feu mon père : *Tous les poissons sont égaux devant des nez qui ont passé la nuit.*

Poussez aussi le champagne de la marque W. Il y a une remise de 10 0/0 en plus. J'oubliais...

La dame du comptoir portera en haut des additions le chiffre du cabinet, et si en additionnant, il lui arrive de la comprendre dans le total, vous saisissez...

Tâchez de présenter la note dans un moment où on ne s'en aperçoive pas. On monte... chut !...

LE NUMÉRO 5. — (*Après le départ du patron*).

— Eh bien, vous avez entendu ?

4

Le NUMÉRO 3. — Oui, après ?

Le NUMÉRO 5. — Après ? Vous demandiez tout à l'heure pourquoi on conservait le carnaval... Vous savez maintenant pour qui... Si le carnaval n'existait pas, les restaurateurs l'auraient inventé.

On entend un ronflement.

Le NUMÉRO 5. — Hé! là-bas ! Dieu me pardonne, c'est le NUMÉRO 4 qui s'est assoupi. Hé, là-bas !

Le NUMÉRO 4. — Ce n'est rien, l'habitude d'être ordinairement éteint à dix heures.

Le NUMÉRO 5. — C'est dommage ! vous qui aimez tant ce commerce, vous avez perdu un joli morceau.

(Les consommateurs commencent à affluer; les cris se mêlent au tintement des verres. Les cabinets sont envahis par la foule.)

Le NUMÉRO 5. — En avant, la musique ! Polka des louis d'or !

Le NUMÉRO 3. — Ma foi, je m'en vais rire... j'ai une de mes pratiques d'habitude, une bonne fille, qui n'a qu'un défaut : c'est d'emporter du homard dans sa poche.

Le NUMÉRO 5. — N'en dis pas de mal ! Il y en a tant qui, au lieu de remplir leurs poches, s'occupent de vider celle des autres !

NOS ENNEMIS

—

Il y avait cercle familier, un certain soir, dans un des salons que le retour de l'hiver tient entre-bâillés, l'approche du jour de l'an s'opposant à ce que la plupart soient ouverts complétement.

On ne dansait pas encore, — c'est le lot du carnaval. On ne faisait pas de musique, — c'est l'affaire du carême.

On causait.

Et naturellement la conversation ne tarda pas, après quelques capricieux méandres, à en venir à

4*

la pièce en vogue, *Nos Intimes*, leurs pompes et leurs œuvres. D'aucuns en dirent du bien, c'était la majorité ; — d'aucuns n'en dirent rien, c'étaient les indifférents ; — une seule personne en dit du mal, ce devait être un ami de l'auteur.

Sur quoi, la discussion allait être épuisée, quand le maître de la maison, qui jusque-là s'était abstenu, prit la parole à son tour :

— Pour mon compte, messieurs, je suis sincèrement reconnaissant à M. Victorien Sardou. La thèse qu'il a spirituellement soutenue est venue en confirmer une autre qui, je crois, est le complément, ou si vous l'aimez mieux, le pendant de la première. En me faisant cordialement haïr sa collection d'amis terribles, il m'en a fait du même coup chérir l'antithèse. Autant il prouve que *nos intimes* sont dangereux, autant je voudrais pouvoir démontrer que *nos ennemis* sont utiles.

Les auditeurs, à cette bizarre profession de foi, se regardèrent, ne sachant pas s'ils devaient accueillir comme une boutade ou respecter comme une conviction cette théorie singulière.

Mais l'orateur reprenant :

— Mon exorde vous surprend, je le vois, messieurs, et vous crieriez au paradoxe, si vous n'u-
siez avec moi d'une indulgence... dont je ne vous
remercie pas. Et voilà justement la première
preuve de mon argumentation.

Vous supposez que je me trompe, n'est-il pas
vrai? mais vous êtes mes amis et vous me témoi-
gnez votre bienveillance en me laissant croire que
j'ai raison. La belle affaire! le joli service! Un
ennemi, lui, n'aurait pas manqué de battre en
brêche mon erreur, de la souligner, de la mettre
en évidence. Mon amour-propre en aurait souffert
peut-être, mon intérêt y aurait gagné.

Au reste, l'erreur, soyez-en persuadés, n'est pas de
mon côté, et j'ai raison, mille fois raison de crier :

Vivent nos ennemis!

Des ennemis! mais c'est le nerf de la vie, c'est
le stimulant, c'est la lutte. Les anciens l'avaient
si bien compris qu'ils plaçaient un insulteur derrière le triomphateur. L'insulteur, c'était l'ennemi
collectif et symbolisé...

L'assistance commençait à être ébranlée.

— Si j'en avais le loisir, reprit le maître de la maison, je vous entamerais une démonstration en règles, car j'ai médité là-dessus un ouvrage — que la peur de mes ennemis m'a seule fait tenir secret. Jugez s'ils m'ont rendu service, — à moi et au public!

Un éclat de rire salua cet aveu.

— Notez, messieurs, que je vous parle tout sincèrement. Mon amour-propre littéraire n'ayant jamais existé, je n'ai aucun mérite à en faire le sacrifice à la doctrine que j'essaie de professer; mais prenez un véritable écrivain.

A toute heure, s'il n'était ingrat, à chaque succès nouveau, il murmurerait: *O mes ennemis, que je vous remercie!* Sans ennemis, en effet, il serait perdu. La modestie — on peut en convenir — n'est pas précisément le fait de la littérature. Ajoutez l'encens frelaté de la réclame, et que voudriez-vous que devînt le malheureux auteur?

Il enflerait, il enflerait si bien que, comme la grenouille... Mais ils sont là, ils mêlent leur note

dissonnante au concert des louanges. C'est exas-
pérant, mais c'est providentiel! Je gage qu'à leur
œuvre suivante, l'homme de lettres ou l'artiste se
souviendront de leurs ennemis :

« Ne risquons pas ceci. Corrigeons cela. Prenons garde! Nos ennemis ne manqueraient pas
de saisir cette occasion! Ne nous endormons pas
dans les délices de Capoue! »

Avec cet aiguillon, poëte et artiste marchent
au lieu de stationner, veillent au lieu de som-
meiller. Ah! si Annibal avait encore eu des ennemis après la bataille de Cannes, il était sauvé!

Je ne suis point Annibal, messieurs, et pourtant dans ma modeste sphère, j'ai dû tous les bonheurs de ma vie — à mes ennemis.

J'arrivais tout jeune et tout inexpérimenté à
Paris. Une lettre de recommandation pour un
banquier parisien était l'unique mise de ma fortune future. Je la portai à son adresse; puis, insoucieux comme on l'est à cet âge, j'aurais peut-
être négligé les fastidieuses démarches du solli-
citeur, — quand j'appris qu'un compétiteur, un

ennemi de ma famille, cherchait à me supplan-
ter.

Il ne m'en fallut pas davàntage pour décupler
mes forces. C'était un duel qui s'engageait. Je
m'armai en guerre et je triomphai.

Plus tard...... Ma femme n'est pas là, messieurs, — et je puis, sans la faire rougir, vous dire
combien ce mariage fut dans ma vie une joie, un
bonheur, un enchantement!

Peu s'en fallut pourtant que je ne visse ma
femme unie à un autre. Un excellent ennemi, à
qui j'ai voué une éternelle gratitude ; il l'a bien
méritée, le cher garçon!

C'était en effet sur la volonté de mon père que
j'allais me marier. Inutile d'ajouter que je ne brû-
lais pour cet hymen que d'un enthousiasme ex-
cessivement tempéré. Soudain j'apprends la ri-
valité en question. Je suis piqué au vif. Je cours
chez ma future.

Ma parole, je crois que je la regardais pour la
première fois avec attention. Charmant examen !
A chaque découverte, je bénissais mon ennemi

protecteur...Ce pied que j'avais méconnu, sans lui je n'en aurais pas apprécié la finesse ; ces yeux que les miens avaient dédaignés, c'était lui qui m'en faisait admirer l'éloquent éclat ; cette voix que j'avais entendue sans l'écouter, je lui devais d'en savourer la mélodie. Quand je sortis, je n'étais plus le fiancé par contrainte, mais bien un amoureux fervent et convaincu !

Un ennemi m'avait appris à aimer !

Il eut l'obligeance de contribuer encore à ce que mon amour fût heureux. Pour cela il suffit de deux ou trois bonnes calomnies.

Vous comprenez, messieurs, que si l'on a quelques petits mérites, quelques humbles qualités, il serait du dernier mauvais goût d'en faire parade. Je devais, en conséquence, paraître bien effacé.

Mais les calomnies en question motivèrent une enquête. Mon beau-père ne voulait pas donner sa fille à un débauché, à un prodigue, à un... Mon ennemi avait fait bonne mesure, Dieu merci !

Il se trouva que chacun des défauts dont il m'avait généreusement doté amea la découverte d'une pauvre petite qualité qui en était justement le contraire. Vous savez le reste et vous avez vu mon ménage.

Enfin, messieurs, j'ai dû à la réussite de mes entreprises une richesse qui s'accroît au delà de mes espérances. Vous l'avouerai-je? Si je n'avais à la Caisse d'épargne une ou deux de ces bonnes douzaines d'ennemis que la réussite traîne avec soi, je ne me sentirais pas sans inquiétude.

Le terrain des affaires est un terrain glissant. Une lisière étroite y sépare souvent le bien du mal, ce qui est honnête de ce qui ne l'est pas.

Notre époque a là-dessus des principes d'accommodement qui en ont déjà perdu plus d'un.

Quoique je pense avoir attesté ma probité, j'aurais pu trébucher là où les autres tombèrent; mes bons ennemis étaient là pour me retenir!

A chaque opération, je ne me demandais pas ce que diraient mes amis, ce que diraient les indifférents, ce que diraient les lois. Je songeais à eux. Je les voyais guettant l'occasion, épiant le moindre vacillement, le moindre faux pas; et sous cette surveillance, mon honneur, se redressant de lui-même, marchait droit et ferme, comme un soldat sous les yeux de son colonel.

Ce que je vous ai dit de moi, messieurs, a, je l'espère, commencé à vous convaincre. Il serait aisé d'en faire l'application à chacun, selon son rang, sa profession, son caractère.

Descendez en vous-mêmes, et demandez-vous si, à votre insu, vous n'avez pas subi l'influence que je vous signale.

Voilà pourquoi je vous parlais d'un pendant à la comédie de *Nos Intimes*, pendant que je recommanderais à l'auteur, si j'avais le plaisir de le connaître. Au surplus, son succès se chargera de lui souffler ce sujet à l'oreille.

Les ennemis ne vont pas lui manquer; on va chercher à lui faire expier les applaudissements et les lauriers. Tant mieux, morbleu! c'est ce qui me rassure pour son avenir.

Je veux que, le jour où il aura gravi un à un les échelons de la gloire, éperonné sans cesse par les inimitiés, je veux que, ce jour-là, il reconnaisse avec moi, — et avec vous, si j'ai eu le bonheur de vous persuader, — que le meilleur de nous-même, nous le devons à nos ennemis !

Ce qui ne m'empêche pas, messieurs, ajouta l'orateur en terminant et en tendant la main à ses hôtes, d'apprécier les amis à leur juste valeur, quand surtout ils ont l'héroïque courage de subir, ainsi que vous, une dissertation de trop longue haleine.

L'ENQUÊTE DE CES DAMES

—

Tout un chacun a pu lire dans les journaux du grand format, qu'on allait faire une enquête sur les questions financières qui intéressent la prospérité publique.

Cette lecture, à ce qu'il paraît, a été un trait de lumière pour un certain nombre de petites dames qui ont, elles aussi, à se plaindre de la crise monétaire.

En conséquence, elles se sont réunies au domicile de l'une d'elles.

Là, une délibération a été ouverte, une commission a été nommée, et, séance tenante, il a été décidé que la situation présente ne devait ni ne pouvait se prolonger.

Il a été démontré qu'une enquête était indispensable et pouvait seule apporter un remède au mal.

Il a été décidé, enfin, qu'on devait adopter préalablement un questionnaire comme base de ladite enquête.

Après ces décisions préliminaires, la commission de ces dames a commencé immédiatement à rédiger le questionnaire sus-indiqué.

Ce travail a pris trois jours.

Aujourd'hui il est complétement terminé et accompagné de réponses pleines de sens.

*
* *

Enquête sur les principes et les faits généraux qui nuisent en ce moment à la circulation monétaire.

1.—Quelles sont les causes de la crise monétaire

qui sévit depuis quelque temps sur le quartier Bréda?

— Les causes sont de plusieurs sortes.

En premier lieu il convient de placer le développement des lumières.

Moins les hommes seront crétins, moins, il faut bien le reconnaître, ils sacrifieront aux grâces postiches.

2. — Les crises monétaires tendent-elles à devenir plus fréquentes?

— Malheureusement oui.

Le luxe croissant perpétuellement, la Roche Tarpéienne est près du Capitole, et le cabas de la portière à deux pas du panier à salade.

3. — Quelles sont dans notre pays les causes régulatrices de l'intérêt qu'une petite dame porte à son protecteur?

— Il n'y en a qu'une.

La générosité dudit protecteur.

4. — Quelles sont les causes qui ont fait récemment réduire la disponibilité des capitaux?

—La hausse du coton, vu le fréquent usage que nous en faisons.

Les frais de teinture pour celles de nous qui veulent passer pour rousses.

Les mêmes frais de teinture pour celles qui tiennent à avoir des chiens lilas.

5. — Y a-t-il eu ralentissement dans la formation des épargnes ?

— A cette question la commission ne peut répondre.

L'épargne lui a toujours été inconnue.

6. — Y a-t-il insuffisance de capitaux ou excès d'entreprises ?

— L'un et l'autre.

D'une part les capitaux manquent.

De l'autre, les hommes deviennent si entreprenants que les plus malignes peuvent s'y laisser duper.

7. — La constitution du crédit a-t-elle exercé de l'influence sur les embarras monétaires ?

— Evidemment.

Quand on a du crédit, on en abuse.

Puis quand ensuite il faut payer la marchande à la toilette, le parfumeur, le diable et son train, ou n'en peut plus sortir.

8. — Quelle influence a exercée la participation des capitaux étrangers?

— L'influence est malheureusement bien affaiblie, la participation bien petite.

Les Boyards russes s'en vont.

Les Mylords vous mènent dîner à trente-deux sous.

Les Brésiliens eux-mêmes vous proposent de prendre l'omnibus !

C'est à désespérer de l'avenir.

9. — Que pensez-vous de la question du loyer de l'argent?

— La commission n'en pense rien.

En revanche elle est compétente, hélas ! sur la question de l'argent du loyer.

Cet argent-là est le désespoir de l'existence des membres de la commission, qui ont été saisies chacune six fois.

Et ce n'est pas tout.

10. — Quelle est l'utilité de la monnaie fiduciaire ?

— Fiduciaire ou non, la monnaie a des utilités sans fin.

Elle sert à payer indistinctement :

Des soupers chez Brébant, des jupons bayadères, des maisons de campagne, du homard, des soieries, du radis noir, le grand jeu chez la tireuse de cartes, etc., etc.

11. — L'unité du billet de banque en favorise-t-elle la circulation ?

— La question nous paraît naïve.

Nous nous chargeons toutes de faire circuler tous les billets de banque qu'on voudra bien nous confier.

Leur unité nuit à la circulation, loin de la favoriser.

Tant plus il y en a, tant plus ça circule.

Les personnes qui désirent en faire l'expérience n'ont qu'à adresser leurs envois au siége de la commission.

Les valeurs envoyées ne seront pas rendues.

12. — Quels sont les inconvénients ou les avantages de la pluralité des banques ?

— Nous n'y voyons que des avantages, du moment où il nous sera permis de tirer à vue dessus.

Nous ajoutons que cette innovation s'applique à la pluralité des banquiers.

Il est évident que c'est encore là une race qui se perd comme tant d'autres se sont perdues. Aussi loin que chacune de nous peut remonter dans ses souvenirs, on n'entendait parler alors que de ces êtres charmants et cousus d'or.

Lisez les romans de 1840...

Les banquiers par-ci, les banquiers par là !

Il y avait des héroïnes favorisées qui en avaient jusqu'à trois à la fois. Aujourd'hui, quelle déveine !

Quand on en rencontre un par hasard, ça serait à faire mettre dans les journaux.

Malheur !

13. — Quelles sont les règles qui doivent régir l'émission des billets ?

— Ce n'est plus, bien entendu, des billets de banque qu'il s'agit maintenant.

C'est des billets doux.

Pour ceux-là, il n'y a guère de règles fixes.

C'est à la sagesse de chacune à décider, à apprécier.

En principe, — car il faut des principes — on peut toutefois établir ceci : à savoir, que l'émission de billets doux doit être illimitée.

Avoir soin seulement de les rattraper avant de rompre.

Il y a des hommes peu délicats quand il s'agit de compromettre une faible femme.

Avoir soin également de ne pas écrire à Alfred quand on sait qu'il est l'ami de Jules et qu'on a déjà écrit à Jules.

Les autres vont de soi.

14. — Le département de l'émission des billets doit-il être séparé du département de l'escompte?

— Evidemment non.

En agir autrement serait manquer aux prescriptions de la plus vulgaire habileté.

Règle sans exception :

On doit commencer par l'escompte.

Avant de déclarer sa flamme, soumettre celui qui en est l'objet à l'épreuve du cachemire, du bijou ou de la dentelle.

Rien de plus simple.

On passe avec lui sans avoir l'air de rien devant un étalage.

— Dieu ! les jolies boucles d'oreilles !

S'il ne bronche pas, triste !

S'il sourit, et avec empressement ouvre la porte du bijoutier, c'est un homme bien.

On peut, le soir même, lui écrire dans ce style :

« Adalbert,

« Maintenant je le sens là :

« C'est une passion sérieuse que j'ai pour vous. La seule de ma vie, car mon cœur n'a pas vibré encore. »

Donc, la solidarité entre l'émission du billet et l'escompte est irrécusable.

*
* *

Le questionnaire de ces dames s'est arrêté là.
Des séances prochaines doivent être tenues pour
le compléter.

POLIPHÈME TARDIVET

—

C'est une histoire bien touchante, — que ne m'ont pas racontée des moissonneurs, comme dans la romance, mais que je puis certifier conforme à l'exacte vérité.

Car j'ai beaucoup connu le héros de ce récit, et c'est de sa bouche même que j'ai appris les principaux détails que je vais avoir l'honneur de vous transmettre.

Niera-t-on encore après cela l'influence des noms !

Il s'appelait Tardivet.

La fatalité de son intitulé s'attacha à ses premiers pas dans l'existence.

Tout était prêt pour son entrée dans le monde. Le médecin n'avait pas quitté la chambre maternelle depuis trente-six heures.

La famille des Tardivet tout entière attendait dans la chambre voisine.

Mais à force d'attendre on se lasse.

Il vint un moment où l'événement parut indéfiniment reculé.

Le docteur déclara qu'il était obligé d'aller donner un coup d'œil à sa clientèle délaissée.

La famille éprouva le besoin de sortir un peu pour prendre l'air.

Crac!

A peine tout le monde était-il éloigné que Polyphème Tardivet voyait le jour.

Sa mère infortunée faillit mourir faute de secours.

Polyphème Tardivet était en retard — avant d'être !

*
* *

Ce début devait, hélas! être le prélude d'une suite de contre-temps lamentables qui s'acharnèrent sur ce malheureux avec une obstination furieuse.

Au collége, Tardivet était un élève très-brillant, ou plutôt aurait été...

Seulement, n'ayant jamais pu finir une composition à l'heure, il ne fut jamais classé.

Vint l'heure du baccalauréat.

Tardivet était sûr de lui. Il avait travaillé comme un nègre.

L'examinateur prend place, se mouche, essuie ses lunettes.

— Monsieur, pourriez-vous me dire la date de la naissance de Charlemagne?

— C'est...

— Eh bien?

— C'est...

— Voyons.

— C'est... c'est... c'est...

L'examinateur patienta pendant cinq minutes, s'emporta à la sixième, et à la septième déposa dans l'urne une boule noire qui excluait le candidat.

A peine dans la cour de la Sorbonne, Polyphème Tardivet récitait non-seulement la date demandée, mais l'histoire de toute la dynastie carlovingienne, sans oublier un seul fait.

Il était bien temps !

*
* *

Le père de Polyphème avait des protections.

Un des ministres de Louis-Philippe était son compatriote.

C'était une carrière toute frayée.

— Envoie-moi ton fils demain, avait dit le ministre, je le caserai séance tenante.

Vous pensez la joie !...

Le lendemain, Tardivet s'achemina vers le ministère.

Il avait revêtu l'habit noir et la cravate blanche, et chemin faisant se livrait aux caresses de l'espérance.

Il se voyait chef de bureau, chef de division, secrétaire général, ministre...

Mais soudain un peloton lui barra la marche aux abords de la demeure de son protecteur.

— Où allez-vous ? On ne passe pas.

— Mais j'ai une audience du...

— Elle est jolie, votre audience !

La révolution de février venait d'éclater, et le protecteur de Tardivet était en fuite !

*
* *

Tardivet résolut de se lancer dans l'industrie.

C'était un garçon d'initiative. Il chercha — et trouva une inspiration superbe !

Un procédé inédit pour fabriquer je ne sais plus quoi.

La fortune était au bout.

Pour mieux s'en assurer, Tardivet étudia la question sous toutes ses faces, perfectionna, re-perfectionna.

Puis quand il eut enfin atteint le but qu'il poursuivait, il partit un matin pour la direction de l'agriculture et du commerce.

— Monsieur, je viens prendre un brevet d'invention pour...

— Excellente idée? fit l'employé.

— N'est-ce pas, monsieur?

— Excellente... seulement on a pris un brevet absolument pareil il y a un quart d'heure.

*
* *

Tardivet aima.

Elle était jeune, elle était belle, elle correspondait à sa flamme.

Mais Tardivet n'était pas un étourneau.

Il tenait à approfondir le caractère de celle qu'il voulait associer à son existence.

Discrètement il continua à aller dans la maison, en se gardant bien de rien laisser percer de ses intentions.

Pendant ce temps-là, il observait.

Quand il eut observé, il prit le père à part :

— Monsieur, je désire vous parler au sujet du mariage de mademoiselle votre fille.

— Tiens! vous avez donc appris déjà qu'elle épouse à la fin du mois M. X...? Je comptais justement vous proposer d'être garçon d'honneur...

* *
*

Tardivet joua à la Bourse.

Las de perdre à la hausse, il se mit à la baisse — la veille de la prise de Sébastopol !

Tardivet avait une maison.

Il la vendit à vil prix; — deux jours après, elle

fut expropriée et achetée par la ville au quintuple de sa valeur.

Tardivet acheta un privilége de théâtre, — un mois avant que la liberté des théâtres eût été proclamée.

*
* *

C'en était trop.

Tant de revers avaient exaspéré Tardivet.

A tout prix, il jura d'être exact.

Il tint parole une fois dans sa vie.

C'était récemment. On lui avait proposé une très-belle affaire en Belgique.

Il avait rendez-vous pcur le 13 au soir.

Levé avant l'aurore, il était à la gare à l'heure précise, et par extraordinaire ne manqua pas le train.

Atroce ironie !

Le convoi dérailla, — et Tardivet fut tué.

Il était dit qu'il n'arriverait jamais à l'heure !

ELOGE DE LA PLUIE

—

— L'abominable temps !

— C'est ignoble !

— Infâme !

— Toujours de la pluie !

— Si cela continue, nous allons avoir une édition du déluge, revue, corrigée et considérablement augmentée.

— J'ai déjà pensé à me faire construire un bateau de sauvetage.

— Plaisanterie à part, c'est à vous faire tourner en canard enragé !

— A bas la pluie !

= Oui, à bas la pluie!...

Ces exclamations, aussi entrecoupées que diverses, s'échappaient de la bouche de plusieurs amis qui achevaient par une conversation animée un déjeûner artistique.

Et comme pour donner raison à l'anathème que lançaient les causeurs, on entendait au dehors les rafales du vent et les clapotements de l'averse qui venaient exécuter des variations sur les carreaux ruisselants.

— Écoutez!... reprit un des causeurs.

— Parbleu! cela redouble.

— Torrent et riflard!

— Que le diable emporte le baromètre! n'est-il pas vrai, Balissant?

Ces derniers mots s'adressaient à un des assistants, qui fumait silencieusement son cigare sans prendre part à ce pique-nique d'imprécations.

Balissant, — un original, — hocha la tête au lieu de répondre.

— De quoi?... Ne serais-tu pas de notre avis?... continua le questionneur... Au fait, il n'y aurait rien de surprenant. Toi, l'homme-paradoxe !

— Balissant a beau être paradoxal, fit un autre, il est impossible qu'il prétende nous prouver...

— Que la pluie est de tout point charmante, dit Balissant narquois. Et pourquoi non, s'il vous plaît?...

— Pourquoi?... C'est trop fort... A Charenton, Balissant!... hurla le chœur. Je demande sa tête... s'il en a jamais eu une !

— Permettez, messieurs, poursuivit imperturbablement le fantaisiste, je maintiens mon dire et je démontrerai, au besoin, tous les avantages de la pluie.

— Oui, connu !... Pour les biens de la terre...

— Jamais, exclama Balissant indigné ! Me confondez-vous avec tous les Prudhommes. de votre connaissance, pour supposer que je sois capable de me livrer à de telles rengaines météorologiques? Je parle au point de vue exclusivement parisien...

— Alors tu vas nous dire que la pluie fait prospérer les cochers de fiacre.

— Ce détail seul me la ferait haïr, si je n'avais trop d'autres raisons de l'aimer.

— En ce cas, explique-toi!... Que Balissant argumente... Balissant a la parole.

— Volontiers, je l'accepte, répliqua celui-ci, et quand j'aurai conclu, vous serez tous de mon avis.

— Impossible.

— Nous verrons bien!

— Messieurs, permettez-moi de vous le dire, reprit l'orateur en allumant un cigare frais, vous êtes tous des ingrats.

D'abominables ingrats !

Oh! ne vous récriez pas. Vous allez être forcés d'en convenir vous-mêmes.

Eh quoi! est-ce bien vous, des gens que je me plaisais à supposer intelligents, vous des enfants gâtés de la pluie, qui vous permettez de blasphémer sur son compte!

N'avez-vous pas compris que ces lamentations étaient à la fois iniques et déshonorantes, qu'il convenait de les laisser aux photographes, avec lesquels aucun de nous n'a, Dieu merci, pactisé jusqu'à ce jour?

La pluie!...

Mais il me faudrait plusieurs heures pour vous énumérer toutes ses vertus, et je devrai me contenter de vous en esquisser la plus faible partie.

Tenez, pour débuter, vous êtes tous, — pardon, nous sommes tous — idéalement paresseux, n'est-il pas vrai?

Or, que de fois n'avons-nous pas rejeté sur la pluie l'accès de paresse qui nous envahissait?

Et elle se laissait faire, tant elle est bonne fille!

Pour ma part, je ne saurais évaluer combien je lui ai d'obligations de ce genre..... La ressource est si précieuse!

— Avez-vous travaillé aujourd'hui? vous demande un ami, un rédacteur en chef ou un critique.

— Moi!... pas possible... D'un temps pareil, vous savez!... cela vous prend sur le système nerveux... Êtes-vous comme moi?...

Et voilà notre plus gros péché tout excusé...
Je passe à une seconde vertu.

Je vous dois, messieurs, cet hommage bien mérité que nous n'avons avec la mode que des rapports infiniment éloignés !

Avant que le gandinisme et nos toilettes opèrent une fusion quelconque, il passera je ne sais combien de fautes de français sous la plume de M. Champfleury !

Parfois même, nous poussons — pour raisons financières — le négligé jusqu'aux confins du délabrement.

O poëmes douloureux de l'habit qui montre la corde !... Élégies des coutures vainement passées à l'encre ! Mystères de la reprise, qui, à l'instar des pensionnaires du Casino, fait tout ce qu'elle peut pour être perdue ! ,

Vous souvenez-vous des angoisses que causa parfois à votre amour-propre le manque de dissimulation de votre costume, racontant à tous les passants les secrets de votre misère !

Surtout quand un soleil railleur frappait en plein sur ces détresses !

Le soleil ! le dénonciateur d'accrocs ! l'espion des pièces au coude!... l'accusateur public des haillons.

Avec la pluie, au contraire, les loques ont leur laissez-passer. Le ciel est sombre et ne nous trahit pas.

Le paletot de quatre ans — si avancé pour son âge — peut circuler incognito. On n'a pas même le temps de le regarder, tant on est occupé à se frayer un chemin à travers le macadam. Aucune toilette arrogante ne vient insulter par son côte à côte au vêtement défraîchi.

Tous les costumes redeviennent égaux devant la giboulée...

Et vous oublieriez cet éminent service, vous qui en avez eu et en aurez si souvent besoin !

Vive la pluie, la patronne des geux ! Vive la pluie, cette sauvegarde de la pudeur des pauvres gens !

Vive la pluie, qui nous délivre des importuns et des flâneurs du parasitisme!

Quand le temps sourit, les voilà qui tous se mettent en guenilles.

Ils descendent par longues bandes dans les rues pour de là se disperser aux quatre coins du hasard.

Quand il pleut, au contraire, vous pouvez être tranquille. Nul ne viendra inopportunément carillonner à votre porte.

Aucun visiteur endiablé ne vous dérangera au milieu d'une sieste charmante ou d'un tête-à-tête galant.

Aucun affamé ne fondra sur votre maigre dîner pour pratiquer sur lui une division bien autrement épineuse que celle du jugement de Salomon.

Avec la pluie vous êtes maître chez vous, maître de vous.

Oui, maître de vous, car elle est là pour vous soustraire à l'impôt de la politesse, à la taxe forcée des convenances.

Vous aviez une visite à rendre, — mais il a plu

si fort toute la semaine !... Croyez, madame, que j'ai été désolé.

Et vous êtes sauvé !... O mon averse, que je te remercie. Grâce à toi, j'esquive aussi les salamalecs hypocrites, les compliments entachés de banalités, la comédie mondaine avec ses ficelles et son dialogue routinier.

Grâce à la pluie encore, les chances de vous casser le nez sur un créancier à chaque détour de rue sont diminuées d'une bonne moitié.

Le créancier qui représente un capital se ménage et expose peu volontiers sa personne aux intempéries.

Si la flanelle n'existait pas, les usuriers l'auraient inventée dans l'intérêt de leurs rentes à 60 pour 100.

Enfin, — ô monstres d'ingratitude qui reniiez tout à l'heure la pluie, cette bonne déesse, — enfin l'amour parisien n'eut jamais de plus efficace auxiliaire qu'elle.

L'amour ! brrou !. .

Je sens des marées de souvenirs monter à mon cerveau !

Un bas bien tiré sur une jambe faite au moule. Un pied mignon qui choisissait adroitement du bout de sa bottine mordorée les pavés dont les proéminences faisaient îlot au milieu des flaques éparses.

Pendant ce temps-là, une main effilée relevait le côté de la robe et laissait admirer à l'aise !

Le bas bien tiré s'appelait Eugénie, Pauline ou Henriette.

Qu'importe !

Je m'élançais à la piste, platoniquement d'abord, puis je m'enhardissais. Un mot galant au passage. On détournait modestement la tête. Je revenais à la charge. Je tournais la difficulté, je m'ingéniais, je livrais l'assaut et je remportais la victoire....

Par l'intervention bienfaisante de la pluie ! Toujours de la pluie !

Avouez, mécréants, que cette description vous

fait battre le cœur à l'écho de quelque aventure de jeunesse.

Avouez aussi que j'avais raison, et que la pluie est vraiment une excellente fille dont vous avez eu tort de médire....

Ce que je voulais démontrer, et ce que j'ai démontré... Au revoir, mon cigare est fini, et je vais profiter de l'occasion que m'offre cette superbe averse pour mettre en pratique les théories sur lesquelles j'ai l'honneur d'être.....,

LA CHIROMANCIE DE SALON

—

DÉFINITION.

La chiromancie de salon est l'art de connaître les hommes — et les femmes, par l'inspection de leurs mains.

Seulement, renchérissant sur sa rivale, ce n'est pas en secret et de près qu'elle a besoin de faire ses observations. Elle les pratique à distance — pourvu que le sujet soit à portée de la rue.

On en peut juger par les spécimens abrégés que nous allons soumettre à l'appréciation éclairée de l'aimable assistance.

Pour commencer, nous choisirons quelques-uns des défauts capitaux de l'espèce humaine.

PREMIÈRE OBSERVATION.

Gourmandise.

Vous passez dans une rue.

Une boutique d'épicier est ouverte.

Sur le seuil de la boutique se prélasse béatement un tonneau de mélasse plein de sombres rayonnements.

Un enfant passe.

Il regarde si personne ne l'observe, fourre prestement son doigt dans le tonneau — et le suce avec avidité.

Vous pouvez, sans crainte de vous tromper, prédire que cet enfant sera un gourmand des plus réussis.

SECONDE OBSERVATION.

Colère.

Un monsieur en paletot — le premier monsieur venu, un monsieur qui n'est nullement préparé et que vous ne connaissez pas — fait queue à la porte d'un théâtre.

Un autre individu est derrière lui.

L'autre essaie de se moucher et — pour se livrer à cet exercice — frôle doucement le dos du monsieur au paletot marron.

Celui-ci fait un bond.

— Est-ce pour m'insulter?

— Quoi donc?

— Je vous demande si c'est pour m'insulter?

— Et je vous réponds : *Quoi?*

— C'est encore une nouvelle injure que cette réponse ; vous voulez me mystifier.

— Par exemple !

— Quoi ! par exemple ! Est-ce à dire que je ne suis qu'un imbécile qui ne sait pas ce qu'il dit ?

— Voilà qui est drôle !

— Ah ! je suis un drôle... v'lan !

En voyant la main du monsieur au paletot marron tomber sur la joue de son paisible antagoniste, vous pouvez hardiment, d'après la chiromancie de salon, proclamer que ledit monsieur est enclin à se mettre en colère.

TROISIÈME OBSERVATION.

Cupidité.

Vous allez au bal Mabille.

Vous rencontrez une dame en chapeau rose.

La dame en chapeau rose vous est totalement étrangère, ce qui fait que vous l'invitez à prendre une glace.

Elle accepte.

La glace prise, vous appelez le garçon, vous payez, et vous vous disposez à remettre votre porte-monnaie dans votre poche.

Mais la dame en chapeau rose s'en empare, l'ouvre et s'écrie :

— Tiens, des jaunets !.... Je t'aime, va !

Après quoi elle glisse ses doigts dans le porte-monnaie et en extrait le contenu pour vous rendre le contenant.

Outre que c'est là l'indice d'un caractère très liant, la chiromancie de salon vous autorise à conclure que la dame en chapeau rose n'est pas le modèle du désintéressement sur cette terre.

QUATRIÈME OBSERVATION.

Coquetterie.

Un sexagénaire ridé et fardé.

Le sexagénaire possède onze cheveux oubliés par le créateur à la poupe de son crâne.

Regardez ses mains.

Elles sont occupées du matin au soir à ramener les onze cheveux sur la région du front, à les faire foisonner, à les tourner à droite, à les virer à gauche, à les porter vivement au secours de tous les points où la calvitie prend le dessus.

La chiromancie des salons fait connaître que ce sexagénaire aime passionnément une chose . lui-même.

CINQUIÈME OBSERVATION.

Palinodies.

Vous entrez dans les bureaux d'un journal.

Vous voyez un écrivain assis.

La main de l'écrivain est appuyée sur une feuille de papier, et écrit ceci :

« La liberté est nécessaire à l'homme, comme l'eau, l'air et le feu.

« Malheur à qui, méconnaissant ce besoin, veut violenter les peuples. »

Bien.

Deux ans après, vous entrez dans un autre journal.

Le même écrivain y est assis.

Seulement, cette fois, sa main écrit ceci :

« La liberté est un de ces hochets que les démagogues promettent aux peuples enfants.

« L'ordre avant tout ! la famille ! la propriété ! »

La chiromancie des salons ne donnerait pas dix centimes de la conscience de cette main-là.

SIXIÈME OBSERVATION.

Délicatesse.

Vous êtes au chemin de fer.

Pendant qu'une dame prend son billet, un inconnu fourre la main dans la poche de la dame et lui extirpe son mouchoir.

La chiromancie de salon croit pouvoir affirmer que vous auriez tort de faire de cet inconnu votre meilleur ami, et de lui confier, en partant en voyage, toute votre fortune à garder.

* * *

Conclusion.

Ami lecteur, ceci est la série des défauts.

La série des vertus — quoique plus courte, hélas! — tiendrait trop de place ici.

Je te renvoie au grand ouvrage que je vais publier et dont je t'ai donné un aperçu sommaire.

EN LOGES

—

Je passais dans la cour de l'Institut. Du moment qu'on n'en fait pas son métier, il n'y a pas de mal à ça, n'est-ce pas ?

J'avais lu le matin, — à moins que ce ne fût la veille, — dans les journaux l'annonce de l'entrée en loges des jeunes émules (hum !) désireux de concourir pour les divers prix de Rome.

Aussi, en traversant la cour en question, je ne pus m'empêcher de lever les yeux vers les cellules dans lesquelles une règle antique et solennelle emprisonne ces malheureux pour donner un plus libre essor à leur imagination.

Quand je les abaissai (les yeux. — Voir plus haut!) un monsieur, accompagné d'un enfant mâle d'une douzaine d'années, venait de pénétrer à son tour dans le lieu où je me trouvais.

Le monsieur s'arrêta près de l'endroit où je m'étais arrêté, leva les yeux comme je les avais levés, et s'adressant à son rejeton :

*
* *

— Toto, lui dit-il, faites bien attention.

Vous m'avez ce matin déclaré que vous vouliez être musicien. Vous savez que mon intention est de faire de vous un banquier.

Pourtant je ne prétends pas contrarier votre vocation. J'entends seulement l'éclairer.

Ecoutez bien, Toto, et réfléchissez à ce que je vais vous dire.

Vous apercevez là-haut ces fenêtres grillées ?

— Oui, p'pa. On dirait une prison.

— On dirait.., En réalité c'est la demeure de

jeunes gens qui — étant petits comme vous — ont manifesté à leurs pères le désir d'être musiciens.

— Par exemple ! Et pourquoi que...

— Ne m'interrompez pas, Toto, et vous allez tout savoir.

Il y a là-dedans plusieurs Silvio Pellico, gémissant sous les plombs du contrepoint ; mais en vous retraçant là vie de l'un d'entre eux je vous aurai retracé la vie de tous.

Supposons donc que celui qui habite le cabanon numéro 1,— que vous apercevez là, à gauche, dans la gouttière,— supposons qu'il s'appelle Théobule, et choisissons-le pour exemple.

— Oui p'pa, répondit Toto.

*
* *

— Lorsque Théobule, reprit le monsieur, eut déclaré sa volonté d'être musicien, ses parents comprirent la nécessité de ne pas perdre de temps.

On le plaça donc, dès sa plus tendre enfance, entre les mains de professeurs variés qui se firent payer leurs soins à des prix dont la cherté l'était moins.

Sacrifices pour les parents, supplice pour l'enfant, voilà le résumé des plus belles années qui ont précédé celles où Théobule a enfin obtenu l'honneur de concourir pour aller dire à Rome ce qu'il est capable de faire.

— Rome, capitale des Etats-Pontificaux, beaux monumens, récita Toto.

*
* *

— C'est bien, mon fils, il ne s'agit pas de géographie en ce moment ; je continue, poursuit le monsieur.

J'ai laissé de côté les mille et une entraves qui peuvent empêcher les autres d'arriver à ce premier résultat. Voilà Théobule là-haut dans sa cage.

Pour stimuler sa verve et jeter du pittoresque dans sa situation, on lui a offert cinq cent vers d'un monsieur inconnu sur un sujet barroque, avec des idées vulgaires traitées en poésie de circonstance.

Il faut trouver des choses superbes là-dessus.

Théobule, la première année, ne trouverari n et sera refusé pour insuffisance. La seconde, il trouvera trop et sera refusé pour avoir dépassé le niveau de l'intelligence des bonshommes qui le jugeront.

La troisième année, — je suis bon prince — Théobule, suffisamment banalisé, aura le prix de Rome, ce qui lui vaudra :

Primo. La joie d'être exécuté en dépit du sens commun à la séance solennelle de toutes les académies, devant un public de gens qui ronfleront dans leur cravate.

Secundo. La félicité de passer dans la Ville

Eternelle plusieurs années aux frais du gouvernement.

— C'est pas cher, objecta Toto.

*
* *

— Vous vous trompez, mon fils.

Car Théobule paiera cette félicité de ses plus
belles années.

A l'heure où sa notoriété naissante aurait besoin d'être étayée par d'autres succès, il disparaî-
tra soudain de la surface du monde civilisé.

Nourri, logé et soldé par le gouvernement, il
contractera la douce habitude de fumer en regardant les étoiles italiennes.

Au bout de cinq ans de ces exercices, il reviendra ici ignoré de tous, oublié de ses amis, ayant
perdu l'habitude du travail.

Toto fit la grimace un peu.

*
* *

— On ne vit pas — en notre belle capitale, monsieur mon fils, — de coquilles d'huîtres et d'espérances.

Théobule, mon ami, le comprendra en retournant ses poches.

Mais avant que la confiance soit passée au fil du découragement, il faut des épreuves nombreuses.

Théobule, au lieu de se désoler, sourira. Pourquoi sourira-t-il ? Parce qu'il songera à son titre de prix de Rome.

Parce qu'il pensera que le gouvernement qui l'a renté cinq ans est son protecteur naturel.

Et Théobule s'en ira droit au ministère, où on lui fera faire antichambre pendant trois mois et dix-sept jours.

Toto fit la grimace beaucoup.

* *
*

— Au bout de ce laps, mon fils, poursuivit le monsieur, Théobule sera reçu par un sous-chef qui lui donnera une lettre de recommandation pour tous les théâtres de musique.

Un bien brave homme que ce sous-chef !

Théobule le comblera de bénédictions, — et courra d'une traite à l'Opéra.

— Monsieur le directeur...

— Oui, j'ai lu votre lettre de recommandation.

— Eh bien ?

— Eh bien, mon ami, l'Opéra n'est pas un théâtre de débutants, — et à moins que vous ne veuillez une place de choriste...

Théobule en bondira d'indignation jusqu'à l'Opéra-Comique.

Monsieur le directeur...

— Oui, j'ai lu.

— Eh bien ?

— Eh bien, cherchez un poème ; quand vous l'aurez, apportez-le-moi. Quand vous me l'aurez apporté, je le lirai à son tour. Vous êtes le trente-neuvième prix de Rome inscrit sur ma liste. J'en joue un dans les années où les reprises n'absorbent pas tout. Vous voyez que...

Théobule en sautera de rage jusqu'au Lyrique.

— Monsieur le directeur...

— Oui, j'ai lu votre lettre de recommandation. Quand j'aurai joué une machine de Weber que je répète, puis Mozart, Beetowen, Spontini, Palestrina...

— Mais, monsieur, je suis prix de Rome.

— Oh ! sans cela, monsieur, je ne prendrais pas la peine de vous dire pourquoi je n'ai pas besoin de vous.

Sur cette réponse, mon fils, Théobule rentrera chez lui.

Toto fit la grimace passionnément.

*
★ ★

— Conclusion ! mon fils, acheva le monsieur.

A quarante-cinq ans, Théobule sera chef d'orchestre d'un café-concert ou d'un bal où on lui paiera le cachet trois francs, plus un litre.

A cause du prix de Rome, bien entendu !

Pour les autres ce n'est qu'un demi-litre.

Il composera des polkas sur les motifs du *Pied qui r'mue* et des valses pour les maîtres de danse.

A cinquante ans, on l'inhumera.

Le sous-chef du ministère, qui aura lu l'annonce de son décès quelque part, viendra faire un beau discours sur sa tombe et dira « qu'il serait » allé loin s'il avait su répondre à la sollicitude « infatigable de l'autorité pour tous les arts. »

Les croque-morts présens trouveront cela superbe.

J'ai fini, Toto.

As-tu toujours envie d'être musicien ?

*
* *

Toto se mit à courir comme si le diable l'eût
poursuivi.

*
* *

Si j'avais l'adresse du monsieur inconnu, j'irais
lui proposer de faire, une fois par semaine, dans
la cour de l'Institut, un cours de bon sens à l'u-
sage des parents qui rêvent les prix de Rome pour
leurs progénitures.

Mais comme on ne sait jamais l'adresse de ces
messieurs inconnus . . . .

LE ROBINSON DES BATIGNOLLES

—

Je suis las de ma vie terne et monotone.

Deux mille quatre d'appointements, un quatrième sur l'ancien boulevard extérieur avec la
vue des abattoirs du Roule, une femme de ménage et pas d'amour, — c'est trop peu.

J'ai soif d'aventures.

Je veux m'embarquer à la recherche de choses
merveilleuses et imprévues.

Il me faut des émotions, des commotions, des
impressions. Ma vie n'est pas une vie, je ne suis
qu'un mollusque.

En route!

Je m'achemine vers les Champs-Elysées, et là, je jetterai l'ancre dans le premier cœur bien situé qui se rencontrera.

Vogue la galère, et que le ciel me protége!

* *
*

La traversée n'avait rien offert de très-particulier jusque-là.

A la hauteur des chevaux de Marly, j'avais été éclaboussé par un cocher de fiacre qui avait profité de la circonstance pour me cribler d'injures.

Au rond-point, un cheval a failli me renverser. J'ai failli du même coup renverser le cavalier du cheval. Partant quitte.

Au reste, rien de ce que je cherchais.

Soudain, à la hauteur de la rue Marbeuf, — j'ai aperçu un point sombre à l'horizon.

C'était une femme qui cheminait devant moi.

Quelle démarche houleuse! Quel frémissement de soieries!

J'ai aussitôt tourné le cap vers elle, et au même instant la tempête a commencé à se déchaîner.

Tempête d'amour dont les yeux fournissaient les éclairs. J'essayai de lutter contre le courant qui m'entraînait Je me cramponnai à des débris de volonté !

Peine perdue !

Une heure après, j'avais — dans les parages du Château des Fleurs — échoué en plein cœur de mon inconnue.

*
* *

Le premier moment d'étourdissement et d'éblouissement passé, j'ai commencé à chercher à m'orienter dans mon nouveau séjour.

Toutefois, ne sachant trop comment me reconnaître dans mes investigations, j'ai eu recours à quelques explorations adroites.

Bien !

Un cœur parfaitement désert ! merci, Seigneur ! Mon rêve va donc s'accomplir !

*
* *

Il s'agit de me montrer digne de la faveur que me fait le ciel et d'être à la hauteur de la circonstance !

Un cœur où il n'y a personne !... c'est admirable !

Je pourrai y cultiver les goûts que je voudrai, disposer, tailler, rogner, semer des plates-bandes d'illusions.

Moi, d'abord, je n'aurais pas pu supporter la vie à côté d'autrui. Je veux être seul possesseur du cœur où je régnerai.

Orélie a bien régné en Araucanie !

*
* *

Le cœur de Clara est vraiment un séjour enchanteur.

On y entend gazouiller toutes sortes de chan-

sons printanières, toutes sortes de serments déli-
cieux :

— Si je t'aime, Adolphe !... A toi, pour la
vie !... Et toi, m'aimes-tu ?... O mon adoré !

Que sais-je ?...

Les gazouillements durent du soir au matin.

Et moi, je me laisse bercer à ces bruits charmants.

Je n'ai même plus la force de travailler... Ma
foi, tant pis pour le travail !

*
* *

Et mon oncle ?

Mon oncle, dont je dois soigner l'héritage, et
qui est si à cheval sur la morale !

S'il allait apprendre que son neveu est domici-
lié dans le cœur d'un ange d'ici-bas !

La considération de l'ange ne l'arrêterait pas. Il
serait capable de me deshériter pour mon manque de principes.

Je vais écrire à cet homme d'âge pour détourner ses soupçons.

« Mon cher oncle,

» Ne vous étonnez pas de ne pas me voir et contentez-vous de recevoir de mes nouvelles.

» Je suis en voyage pour mon administration.

» On m'a envoyé explorer des terrains gypseux sur lesquels on doit faire passer une nouvelle ligne de chemin de fer...

» Dès mon retour, je tomberai dans vos bras. »
Voilà qui est fait !...

*
* *

Depuis que j'ai écrit à mon oncle, j'ai réfléchi.

Tôt ou tard, il finira par savoir le naufrage de ma vertu dans le cœur de Clara.

Et alors !...

Pour détourner les conséquences de cette révélation je ne vois qu'un moyen...

Oui, parbleu !

C'est décidé. Je vais écrire de nouveau à mon

oncle pour lui faire part de mon prochain mariage avec Clara.

C'est encore la meilleure manière de m'assurer la possession de mon domaine à tout jamais.

*
* *

Horreur et mystère !

Au moment où, plein de sécurité, je me laissais aller à tous les rêves, au moment où je jouissais en paix d'un bonheur que je croyais sans nuages, au moment où je me disposais à m'installer par un mariage pour le restant de mes jours... je le répète : Horreur et mystère !

Ce matin, en scrutant un coin du cœur de Clara que je n'avais pas encore exploré, j'ai découvert...

J'en suis tout tremblant !...

J'ai découvert des vestiges humains !

Un autre homme a pénétré dans ce cœur...

Quel était cet homme ?

J'ai suivi la trace de son souvenir pendant un certain temps... Au delà, plus rien.

- C'est alors qu'il aura quitté Clara !...

Je suis bien malheureux.

**

Mais c'est scandaleux, infâme, abominable...

Ce n'est plus un seul rival qui m'a précédé ..

Ce sont plusieurs rivaux !

En poursuivant mes investigations, j'ai acquis la certitude que j'avais été effroyablement trompé.

Sapristi ! nous allons avoir une explication !

**

Ouff ! je n'en puis plus.

L'explication... Merci !...

Moi qui croyais... je ne me doutais pas que j'aimais sur un volcan.

Dès ma première tentative de reproches, l'éruption a commencé.

Les épithètes pleuvaient, la colère bouillonnait, les gros mots débordaient comme une lave.

J'essayais de me raccrocher à des excuses !... Impossible.

De sorte que, secoué, abîmé, désillusionné, je suis resté étendu sur le rivage.

Un de mes amis qui passait m'a recueilli.

Maudite Clara !

* *

J'ai réfléchi depuis.

Il faut être fou pour courir à notre époque après les aventures.

Quant à moi, j'en suis dégoûté à jamais. Pour faire une fin, je suis capable d'épouser ma femme de ménage.

Car j'en ai acquis la certitude...

A notre époque, il n'y a pas plus de cœurs déserts que d'îles désertes.

Tout ce qui est habitable est habité !..:

8

LA SOCIÉTÉ PROTECTRICE DE L'ESPÈCE HUMAINE

—

La Société protectrice de l'espèce humaine, de fondation toute récente, tient sa première séance. L'auditoire est au grand complet, et l'on compte dans l'assemblée des représentants des espèces d'animaux les plus diverses. En attendant l'arrivée du président, chacun se livre à des conversations particulières qui, par suite de la variété des intonations, produit une cacophonie des plus étranges.

Enfin les membres du bureau paraissent, et quand ils sont installés, le Singe, qui remplit majestueusement les fonctions de président, prend la parole en ces termes :

« Mes chers confrères,

» Avant toute chose, permettez-moi de vous remercier de la dignité qui m'a été décernée par vous. En me confiant la présidence, vous avez, je le sens bien, voulu moins récompenser mes faibles mérites que manifester hautement la pensée qui nous rassemble. C'est à moi, en effet, que la nature s'est plu à donner l'analogie la plus frappante avec le bipède connu sous le nom d'homme ; il était donc naturel que vous m'octroyassiez la direction d'un débat auquel l'homme est, à son insu, si directement intéressé. »

Ce début, et notamment la phrase où brille un imparfait du subjonctif, paraît produire une vive impression sur l'assistance, qui témoigne, par un murmure approbatif, toute sa satisfaction.

L'orateur s'incline avec componction et poursuit en ces termes :

« Je vous disais, mes chers confrères, que l'homme est directement intéressé dans nos débats; *exclusivement* serait plutôt propre, car c'est pour lui que nous avons fondé l'association dont les membres me font l'honneur de m'écouter.

» Depuis quelque temps, le bipède en question s'était imaginé, pour nous vexer sans doute, de créer partout des sociétés protectrices d'animaux. Non content de nous pressurer, de nous tyranniser, de nous rançonner de toutes les manières, il voulait en outre se donner le mérite hypocrite de la magnanimité.

» Tant que nous n'étions que malheureux, nous n'avons rien dit; mais aujourd'hui que notre persécuteur veut nous humilier, nous ne pouvons laisser passer sans protestation ce nouvel outrage. »

(Bruyante approbation.)

« Dans ces conjonctures, le renard, notre collègue, a fourni une preuve de sa sagacité. A lui revient la gloire de notre institution. Lui seul a compris qu'il fallait répondre à cette dédaigneuse sympathie par une sympathie plus dédaigneuse encore. Les hommes prétendaient se faire nos

8·

protecteurs ; il nous a suggéré l'idée d'en faire
nos protégés.

» De là notre titre de *Société protectrice de
l'espèce humaine*. Il nous reste à le justifier, et
nous ne faillirons pas à notre tâche.

» Les hommes, si présomptueux, ne sont qu'un
assemblage de faiblesses grotesques et de ridicules misérables. Vengeons-nous en leur démon-
trant que, comme l'a dit un de leurs poëtes :

On a souvent besoin d'un plus petit que soi.

» La délibération est ouverte. Que chacun sou-
mette successivement ses observations. La parole
est à notre cher confrère le Bœuf. »

LE BŒUF. — Mes amis, vous le savez, je ne suis
point orateur ; en quelques mots donc ma motion
sera formulée.

Cette motion est double et mon projet se compose de deux articles. Le premier est relatif à
l'usage qu'on fait de mon nom dans la cuisine
temporaire. Nous ne pouvons mieux, je crois,
prouver à l'homme notre désir de le protéger

qu'en lui signalant les fraudes grossières dont, chaque jour, il est niaisement victime.

Les malheureux ! quand ils s'empilent par centaines autour des restaurants à prix fixe et qu'ils y dévorent des bifteks imperméables, ils se figurent que je suis pour quelque chose dans cet empoisonnement.

Avertissons donc charitablement ces aveugles de ne plus me confondre avec le cheval, qui, au besoin, attesterait la vérité de ce que j'avance.

UN LAPIN. — Je demande un paragraphe additionnel relatif aux supercheries grâce auxquelles le chat a, sous mon couvert, dupé tant d'estomacs.

LE PRÉSIDENT. — Accordé.

LE BŒUF. — Ma seconde motion est relative à une cérémonie barbare et absurde dont les Parisiens ont spécialement gardé l'usage. Je veux parler de la promenade du bœuf gras.

UNE VOIX. — Vous êtes orfèvre, monsieur Josse.

LE BŒUF. — L'honorable interrupteur se trompe. Mon intérêt est étranger à la question. Mourir pour mourir !... C'est au seul point de vue de la protection que nous offrons aux hommes que je me place. La promenade du bœuf gras est à peu près l'unique lien auquel se rattachent les traditions surannées du carnaval. Supprimez l'un et l'autre, vous aurez du même coup supprimé les gastrites, les fluxions de poitrine et autres maladies qui résument pitoyablement ce que l'espèce humaine nomme les plaisirs du carnaval.

J'ai dit.

UN CHEVAL. — Je demande la parole.

LE PRÉSIDENT. — Vous l'avez.

LE CHEVAL. — Tel que vous me voyez, j'appartiens à un gandin dans lequel sont personnifiées toutes les sottises de son espèce.

Mon jeune niais, sans en savoir le premier mot, veut poser pour l'amateur de *sport*. A l'instar des membres de son cercle, il va aux courses, il parie, il cavalcade. Mais, en réalité, les courses l'assomment, les paris le ruinent et les cavalcades lui ont déjà valu une douzaine de chutes variées.

Je propose à la *Société protectrice* de mettre ce pauvre sot en garde contre lui-même en le sommant de renoncer au sport, à ses pompes et à ses œuvres.

UN LIÈVRE. — Je formule une proposition analogue pour les chasseurs bourgeois. Ces messieurs ont l'habitude de tirer le gibier dans l'œil ou les mollets de leurs connaissances.

La *Société protectrice de l'espèce humaine,* en invitant ces maladroits à ne plus toucher un fusil, accomplira un de ses plus impérieux devoirs, et le gibier aura remercié de la façon la plus ingénieuse de braves gens qui ont la délicatesse de ne jamais lui faire de mal.

UNE OIE. — Je regrette, chers collègues, que les plumes de fer, en me faisant une concurrence acharnée, enlèvent à ma motion une partie de son importance.

Cependant je compte encore, parmi les possédés de la manie littéraire, un assez grand nombre de tributaires pour que mon amendement ait quelque intérêt.

Donnons à l'homme une leçon de bon sens — dont il profitera, s'il le peut ; et pour cela, que la société protectrice formule un paragraphe bien senti contre l'abus que font de nos plumes tant de feuilletonnistes sans grammaire, tant de poètes sans lecteurs, tant de publicistes sans vergogne.

UN POISSON. — Je veux suivre les exemples de désintéressement qui viennent de m'être donnés par les estimables préopinants, et je n'hésite pas à renoncer à une de mes plus chères distractions.

Il était pourtant bien amusant, le savant qui, chaque matin, venait regarder béatement l'eau de la rivière que j'habite. Rien qu'à le voir, je me pâmais de rire, et quand j'avais du monde, je ne manquais pas de donner à mes visiteurs ce spectacle du bon savant. Mais, — je vous l'ai dit, — je consens à cette cruelle privation afin d'apporter mon concours à l'œuvre commune.

Que la *Société protectrice* lui fasse donc savoir, à lui et à ses semblables, qu'il y a assez longtemps que les sœurs Anne de la pisciculture ne voient rien venir.

UNE MARTRE. — Moi, je représente les intérêts de la vertu.

Je me suis laissé conter que ma fourrure servait à des usages !... que des manteaux de mille francs et plus figuraient sur les épaules de créatures indignes tandis que d'honnêtes femmes grelottaient sous un maigre châle d'une navrante pauvreté...

Un paragraphe doit faire justice de cette révoltante inégalité et protéger à la fois l'honnêteté délaissée contre sa rivale, et l'argent égaré contre ses propres vices.

UN CHIEN. — Mon maître me donne à peine à manger et héberge des douzaines de parisites. Les parasites le déchirent à belles dents ; moi, je lui lèche la main.

Cette antithèse vaut bien un avertissement sans doute !

UN COLIMAÇON. — Protégeons encore ces benêts d'humains contre le charlatanisme. Je me suis laissé conter qu'on vend à prix d'or aux malades des remèdes fantastiques où votre serviteur est censé opérer des cures merveilleuses.

Lait d'ânesse, mou de veau, foie de morue, co-
limaçons... Que sais-je ?...

Ce que je sais bien, c'est qu'à la place des pa-
tients, j'aimerais mieux mes cent sous, ô gué !...

Je vote pour que nous protégions les hommes
contre la médecine.

UN PERROQUET. — Je...

LE PRÉSIDENT. — Pour une première réunion,
la société me paraît avoir rempli sa tâche. (*A part.*)
Ce perroquet est si bavard ! (*Haut.*) Les projets
soumis aujourd'hui à vos délibérations sont tous
adoptés. Je renvoie à huitaine.

IN VINO...

—

PRÉFACE.

Un titre latin ! oh ! oh !

Ce n'est pas ma faute, lecteur chéri.

Il fallait que le proverbe prît la peine de se franciser. D'ailleurs, pourquoi ne tutoierions-nous pas une fois par hasard la langue des Virgile et des Horace?

Donc, cette langue aimée des jurisconsultes et de Jules Janin assure que dans le vin on trouve la vérité.

Mais quelle est cette vérité pour chacun?

C'est précisément ce que nous avons l'intention de vous proposer de chercher ensemble.

A quoi pense chaque homme quand il est gris ?

Ne vous effarouchez pas de ce mot. N'est-il pas arrivé à chacun au moins une fois dans le cours de son existence, si austère qu'elle fût, de dérailler sur l'agréable pente d'un repas d'amis ?

Mais assez de préambule.

Au défilé.

Je soulève le couvercle de ces boîtes à idées qu'on appelle des crânes, et voici ce que je vois.

LE MÉDECIN.

— Eh ! eh ! il était gentil, le Clos-Vougeot du banquet des Allopathes...

Il me travaille, il me travaille...

Positivement je vois tout en rose tendre...

Plaît-il ?

Une épidémie vient de débarquer à Paris. J'étais sûr qu'il allait en arriver quelque chose d'heureux.

On y va.

Mais laissez-moi le temps de respirer. Je suis sur les dents... Ma foi, tant pis ; ce qu'il y a de charmant avec ces amours de fléaux, c'est qu'on peut se tromper d'ordonnance sans inconvénient. Tenez... prenez dans le tas.

Si ça ne fait pas de bien... Est-ce qu'on a le temps de contrôler ?... Ce qui n'empêche pas que je vais être signalé pour mon dévouement...

Décoré...

Eh ! eh ! il était gentil, le Clos-Vougeot du banquet des Allopathes.

L'HOMME DE LETTRES.

Le Bordeaux... Il n'y a que ça de vrai...

Quelle heure est-il ? Minuit et demie.

Je vais aller présenter une pièce à la Comédie-Française. Je veux qu'ils commettent une belle action une fois dans leur vie.

Infamie !

Un drame splendide qui a été refusé à Beaumarchais... Mais les sociétaires me vengeront.

D'abord Thierry me l'ornera d'un vaisseau

comme dans l'*Africaine*. Bressant aura un rôle de femme.

Madame Plessy fera une ingénue.

Si toute la France et l'Etranger...

Eh bien! où donc est-ce que je suis ? J'ai du mal à m'orienter... Le Bordeaux de Dinochau...

Si je ne m'abuse, c'est la façade du théâtre Lyrique. Je veux parler à Carvalho.

Mon drame est une œuvre si bien faite qu'elle réussira aussi bien en opéra comique.

Le Bordeaux de Dinoch...

LE MARI.

Ma femme... quoi, ma femme...

Panachon, si tu me parles encore, je te casse la bouteille sur la tête.

Moi, je me laisserais mener par... C'est-à-dire que madame Collambouche n'y croit seulement pas.

Dis donc, Panachon, pas de plaisanterie tout de même... quelle heure qu'il est?

Minuit...

Panachon. Tu feras bien la course pour moi... Histoire de m'accompagner et d'expliquer à mon épouse que c'est toi qui m'as captivé... Non pas que je la craigne...

Sacrr... Mais elle est impressionnable et délicate.

Et puis j'ai besoin d'un ami pour me caler... vrai...

AUTRE VARIANTE.

Pas rentrée... pas rentrée...

Je ne suis plus un homme... plus un homme... un tigre... et du Bengale...

Elle m'envoie dîner chez mon beau-père... un ours que je déteste... elle prétend qu'il faut qu'elle aille à sa société de chant. Je coupe dans le pont.

Je dîne avec l'ours de beau-père.

Et penser qu'il me fait boire du Pomard... histoire d'oublier que je suis dans sa campagne. Je me laisse faire...

Et quand j'arrive... à une heure du matin... pas rentrée...

Ah! cela ne se passera pas ainsi... ce... La voilà...

Malheureuse!... allez-vous...

Hein? une famille d'infortunés dont la pauvre mère était sur le point de mettre au monde son huitième enfant!

Tu n'as pas voulu la laisser sans secours...

Noémi, est-ce bien vrai, au moins? C'est que, vois-tu... ta parole...

C'est que, vois-tu...

Non, là, parole, vraie, sacrée... c'est que, vois-tu...

Fais-moi donc du thé.

L'AVOCAT.

Mon cher, figure-toi...

Encore un peu de champagne... Figure-toi une buse de client, mais une buse...

Il vient me consulter pour savoir s'il doit entamer un procès. Est-on bête à ce point-là!

A ta santé!

Mais, crétin qu'il est, de quoi vivrions-nous si nous nous amusions à ne pas...

Il y en a pour deux ans avec tous les appels et tout le tremblement.

C'est avec son affaire que j'ai acheté ma petite maison de l'Isle-Adam.

A quoi donc penses-tu ?

A ton scélérat qui a assassiné son oncle et l'a coupé en morceaux.... Tu as de la chance, toi. Une affaire qui va faire les délices du *Petit Journal*.

A ta santé.

LE SAVANT

Quel homme charmant que ce Dusauton ?

On passerait des années à discuter avec lui la question des infusoires.

Avec cela il possède un petit Lunel...

—C'est égal.... Il n'y entend rien, à la génération spontanée. Si seulement je pouvais être admis à l'Académie.

Messieurs,

Les bocaux que j'ai l'honneur de soumettre
à vos regards...

LE SOLDAT

Rien... n'est sacré... é, pour un sapeur.

Rigolo, le tambour-maître !

Rigolo !

Il m'a fait payer la note... mais... rigolo tout
de même.

Si tant seulement on déclarait la guerre à toute
l'Europe et un peu à l'Asie !

Je bats la charge dans les cinq parties du globe.

J'ai laissé un œil quelque part.

On me nomme lieutenant d'abord, général
après...

Sa... a... cré pour un sapeur.

Rigolo, le tambour-maître !

LE PAUVRE

Je me grise.

Ils disent tous que je me grise...

Et puis après ?

Trois sous d'eau-de-vie de marc, et j'ai mon compte pour la journée. Trois sous de pain, j'aurais faim tout de même.

Sans compter qu'avec l'eau-de-vie, il me semble que je revois la pauvre chère femme.

Elle est partie... tuée par la misère.

Je me grise.

Ils disent tous que je me grise.

Vous ne voyez donc pas que c'est pour m'abréger la route du cimetière !...

LE VIEIL ALMANACH

—

Ils viennent de paraître, multicolores, pimpants, provocants, bariolés, les almanachs de l'année prochaine. Il y en a de toutes les tailles, de tous les titres, de tous les tempéraments ; — à eux seuls ils ont envahi la devanture entière des libraires.

Et là ils s'ingénient en coquetteries pour séduire le passant, ils font miroiter au soleil les lettres gigantesques de leurs couvertures ; ils étalent orgueilleusement les noms des auteurs qui leur ont donné le jour ; ils exhibent traîtreusement la table des matières aux promesses insinuantes.

Eh bien! malgré ces coquetteries, ces lettres miroitantes, ces noms étalés, ces tables exhibées, je jure de ne pas acheter d'almanach cette année... Non! je n'en achéterai pas; — et pour peu que vous teniez à connaître la cause de cette résolution, la voici :

* *
* *

C'était hier.

Piqué par je ne sais quelle tarentule de classement, j'avais entrepris de mettre un semblant d'ordre sur les rayons d'un antique secrétaire qui ploie sous le fardeau des paperasses. Mais, hélas! il en fut de cette entreprise comme de la plupart des autres !

Partez avec l'aube pour la ville prochaine en traversant le village où sont tous vos amis. Dès la première porte, ce sera Jean qui vous saluera d'un bonjour matinal; plus loin, ce sera Pierre qui vous proposera de visiter son nouveau clos; plus loin encore, Jacques qui voudra trinquer avec vous tout en causant de l'un, de l'autre, de ceci, de cela. Si bien que le soir vous surprendra avant que vous ayez franchi les limites du village amical, si bien aussi que c'en sera fait de votre voyage à la ville.

Pareille chose m'arriva précisément. Tous ces papiers à travers lesquels je voulais passer indifférent me parlaient, m'arrêtaient, me retenaient. Chacun avait son mot à dire, son souvenir à évoquer, son bonjour à m'envoyer. Peut-être pourtant aurais-je fini par reprendre ma course, si soudain, au détour d'un feuillet, ma main n'avait rencontré un pauvre bon vieux dont la vue me causa une vive sensation.

Il était flétri par le temps, décoloré, défiguré, mutilé même, et moi qui l'avais connu jeune et brillant, je ne pus m'empêcher d'être touché du contraste. Puis, comme j'allais lui demander son âge, il prévint la question en me déclarant de lui-même qu'il avait dix ans. Dix ans ! Pour un almanach, c'est être centenaire. Les anniversaires vont si vite !

Dès lors, la connaissance était renouée et j'étais pris au piège du passé. Impossible de m'échapper.

— Causons, me dit le vieil almanach.

— Causons, répliquai-je avec empressement.

⁎
⁎

— Te souviens-tu...

Ce fut là sa première parole, et tout le reste de la conversation devait se poursuivre sur cet air-là, — un air toujours mélancolique!

— Te souviens-tu de moi et des miens? Quelle belle famille! Cinquante-deux semaines comme on n'en voit plus!

Le monde est si dégénéré!

Le vieil almanach avait la manie de tous les vieillards; ce sont faiblesses trop excusables! Aussi ne voulant pas lui ravir cette illusion, que d'ailleurs je partageais un peu:

— En effet!... je me rappelle!... Quels charmants jours!

— Tu étais jeune alors, tout jeune, tout plein d'entrain et de croyance.

— Vous étiez, vous, insoucieux et guilleret.

— Tu trouvais toujours que le temps ne fuyait pas assez vite.

— Vous excusiez mes impatiences et ne cherchiez point à me détromper.

— Tu me faisais confidence de tous tes projets.

— Vous encouragiez toutes mes audaces.

— Il me semble que cela date d'hier.

— Je crois être revenu à cette époque.

— Vraiment... Tu n'as donc point oublié les joyeuses parties de campagne dont tu m'annonçais préventivement les échéances désirées... Une entre autres dont tu avais marqué la date à l'avance... C'était avec tes deux fidèles amis, tes inséparables compagnons...

*
* *

Je demeurai quelques minutes morne et silencieux. Le vieil almanach venait de réveiller à son insu une double blessure.

Des deux amis, le premier avait, depuis, trahi ma confiance par une de ces perfidies intimes que le code ne punit pas, — probablement parce qu'il a désespéré de trouver un châtiment assez raffiné pour ce guet-à-pens domestique.

Le second était mort... et, chose étrange! en me rappelant nos courses insoucieuses à travers les bois de Viroflay, nos propos alertes sous la tonnelle, nos causeries pleines d'effusion devant le foyer d'hiver, ce n'était pas celui qui était mort dont la perte me semblait la plus poignante!

Le vieil almanach cependant continuait, sans s'apercevoir de ma tristesse, ses évocations et ses interrogations.

— Te rappelles-tu certain bal ?... Je dois encore avoir, entre deux de mes pages, une fleur que tu y avais déposée comme le plus précieux des fidéicommis... Cette fleur, elle venait d'elle... une inconnue que tu me donnais, ma foi, grande envie de connaître, avec tes enthousiasmes perpétuels et tes dithyrambes de tous les instants... L'attendais-tu avec assez d'inquiétude ce 11 décembre !... car c'était le 11 décembre qu'avait lieu le bal qui, disais-tu, devait décider de ton bonheur... Depuis, la fleur s'est fanée, mais elle ?...

Je devins plus soucieux encore, je ne répondis toujours pas.

Elle!... avec ce seul mot, avec sa seule date, le vieil almanach venait de faire vibrer une des cordes les plus douleureuses.

Qui de nous n'a pas une fois en sa vie commencé son poëme ? Pauvre besogne ! Le siècle est à la prose. Le 11 décembre, à cette date gravée dans la mémoire du vieil almanach j'ignorais encore cette vérité mal consolante. Depuis !... Les professeurs de désenchantement sont si nombreux qu'on ne peut rester toujours ignorant ; mais ces leçons-là coûtent cher.

Et je la revoyais telle que je l'avais imaginée, telle que je la créais jadis. La fleur fanée du vieil almanach reprenait ses riantes couleurs en même temps que la femme reprenait son prestige... Les jours écoulés recommençaient à vivre ; le temps accomplissait sa tâche. Adieu, chers songes, doux mensonges. La fleur était sèche, — le cœur aussi !

*
* *

Le vieil almanach continuait toujours ses impitoyables radotages.

— Et la fortune ?... nous la rêvions splendide autrefois !... Tout mon mois d'avril fut même consacré par toi à l'étude d'un projet, dont un homme de génie incompris t'avait offert de partager les bénéfices. La nuit, tu dormais à peine, et je t'entendais murmurer des exclamations de joie. Quant à l'architecte de ces châteaux en Espagne, chaque fois qu'il venait, il t'empruntait cent sous... A-t il enfin achevé son édifice ? en est-il au moins au premier étage ?... A-t-il cessé de...

— De m'emprunter des pièces de cent sous ? non, mais c'est moi qui ai cessé de lui en prêter.

Le chevalier d'industrie aura cherché quelque autre dupe. Quant à la fortune, je ne l'ai pas encore rencontrée ; mais, si je la rencontre jamais, je doute qu'elle me rende mon salut.

— Et la gloire ?... Mes mois d'octobre et de novembre se passèrent tout entiers à aligner les allées rimées d'une avenue qui devait aboutir au Panthéon...

— Ma tragédie en cinq actes !... J'ai eu le bon esprit de m'arrêter à moitié chemin ; car mon avenue m'aurait conduit à Bicêtre.

— Et les plaisirs du carnaval ?

—Je ne danse plus.

— Et les délices de l'ouverture de la chasse ?...

— Je ne chasse plus, pour cause de rhumatisme naissant.

— Et le...

Exaspéré, je repoussai brusquement le sot importun.

Pourquoi venait-il me forcer à compter mes morts ? Pourquoi me faisait-il assister au jugement dernier de moi-même ? C'était une trop cruelle exhumation ; je lui avais confié un corps, il me rendait un squelette ! Au diable le vieil almanach !

* * *

A quoi sert d'ailleurs ce *memento* de la vie, qui nous compte et recompte sans cesse les jours, comme pour nous faire sentir notre pauvreté ?

Avec ses fêtes réglées d'avance, l'almanach nous impose la joie à heure fixe et substitue le banal à l'imprévu ; avec ses divisions arbitraires, il nous condamne à nous vêtir d'été quand la bise siffle encore, à nous fourrer d'hiver quand le soleil continue à rire ; il vient inexorablement déposer, comme témoin à charge, dans les procès que notre amour-propre intente à notre extrait de naissance ; il annonce les éclipses célestes et ne prévient pas des éclipses d'ici-bas...

Et voilà pourquoi votre fille est muette ; voilà

pourquoi, cher lecteur, après avoir rejeté le vieil almanach bavard, j'ai juré de n'en acheter aucun cette année.

*
* *

P. S. — Ne me trahissez pas. En passant sur le boulevard, je n'ai pu résister à la tentation. Je l'ai là, l'almanach pour 1862. Déjà même, j'ai commencé à en calculer les dates, à en supputer les événements, à en escompter les bonheurs.

Au fait, ne suis-je pas excusable ? Le vieil almanach, c'était le passé ! Celui-ci, c'est l'avenir. La Providence l'a voulu. Dieu merci, le regret ne corrige pas de l'espérance.

EMPLOIS DE LA JOURNÉE

—

PRÉAMBULE.

Là mode est le panache blanc que nous devons toujours suivre dans le chemin de l'honneur.

Or, la mode, depuis quelque temps, s'est glissée dans certains journaux de placer dans leurs colonnes un article intitulé : *Emploi de la journée.*

Cet article, sous forme d'énumération, invite messieurs les amateurs à aller voir l'intérieur de la colonne Vendôme à trois heures et à descendre, à quatre, dans la marmite des Invalides.

Nobles distractions, nous en convenons, utiles

renseignements au moment surtout où les va-
cances font affluer tant de provinciaux à Paris.

Mais l'*Emploi de la journée*, tel qu'on le pratique jusqu'ici, n'était qu'un embryon, qu'un
germe, qu'un avatar.

Car il est évidemment absurde d'offrir un seul
et unique emploi de ladite journée pour toutes
les catégories de citoyens et de caractères, pour
les vieux et les jeunes, les avares et les prodi-
gues, etc., etc.

Incontestablement il y avait là une lacune à
combler.

Je la comble en publiant aujourd'hui une première fournée de précieux conseils.

EMPLOI DE LA JOURNÉE A L'USAGE DES GENS QUI DÉSIRENT SE MARIER.

Neuf heures du matin. — Se lever, se faire
soigneusement la barbe, en évitant de s'emporter
pendant l'opération un morceau de nez, — ce qui
pourrait créer quelques obstacles à la réalisation
d'un prompt hyménée.

Dix heures. — S'habiller. Ne pas mettre un costume analogue à celui qu'immortalisa Chaudruc-Duclos, — les femmes ayant la faiblesse de juger sur les apparences.

Onze heures. — Déjeuner en insistant sur le bourgogne. Faire miroiter le diamant qu'on porte au doigt aux yeux de deux dames qui mangent seules à une table voisine. — On ne sait pas ce qui peut arriver.

Midi. — Rentrer à son hôtel et faire répandre par tous les garçons dans le quartier où l'on réside le bruit qu'on vient de recueillir un héritage de deux millions.

Une heure. — Visiter le musée du Louvre afin de bien se pénétrer des beautés de la ligne, — précaution qui vous assure une postérité modelée sur feu l'Apollon du Belvédère.

— Trois heures. — Faire un auto-da-fé des lettres de *ses anciennes*.

Quatre heures. — Relire l'*École des Maris* du nommé Poquelin.

10

Cinq heures. — Acheter une douzaine de bonnets de coton et de la revalescière.

Six heures. — Dîner. Insister sur le bordeaux.

Sept heures. — Aller chez l'ami Stanislas par qui l'on a été invité à venir passer la soirée.

Huit heures. — Formuler devant toutes les mères de famille présentes la résolution où l'on est d'épouser une fille sans dot.

Dix heures. — Rentrer chez soi.

Minuit. — Entendre du bruit dans la rue, regarder et voir cent douze personnes du sexe féminin, qui attendent l'aube du jour pour venir solliciter votre main.

EMPLOI DE LA JOURNÉE A L'USAGE DES GENS QUI DÉSIRENT SE RUINER.

Neuf heures du matin. — Se lever. Recevoir ses fournisseurs — les fournisseurs en vogue — et prendre la mauvaise habitude de payer leurs notes sans les vérifier.

Dixheures. — Se couvrir des choses les plus

ridicules — lesquelles à Paris sont uniformément les plus chères.

Onze heures. — Sortir en rappelant à son domestique qu'on s'en rapporte à sa probité pour tous les achats nécessaires à la maison.

Midi. — Déjeuner au boulevard.

Une heure. — Aller prendre Mlle Lili et la promener pendant une ou deux heures à travers les magasins.

Trois heures. — Se figurer qu'on a le goût des collections et acquérir à l'hôtel Drouot pour des Raphaëls tous les tableaux rentoilés par des artistes de la chapelle Saint-Denis.

Quatre heures. — Visite à Antonine, laquelle prétend vous aimer pour vous-même — ce qui fait qu'elle ne laissera pas passer vingt minutes sans vous carroter un huit-ressorts.

Cinq heures. — Prêter cinq cents francs à l'ami Bolandard, gandin sans profession. L'ami Bolandard le répètera à trois cents autres amis qui frapperont le lendemain à votre huis.

Six heures. — Dîner au boulevard avec une

figurante des Délassements n'ayant mangé que du saucisson depuis six semaines.

Neuf heures. — Etre ému par le Cliquot. Lui signer des contrats de rente.

Dix heures. — Etre plus ému et faire les capitaux d'un journal quotidien et dramatique destiné à être le défenseur du talent de la figurante.

Onze heures. — Bâiller des fonds pour la fondation d'un théâtre où la figurante jouera les Déjazet.

Minuit. — Faire l'addition et s'assurer qu'on a mangé dans la journée 597,014 fr. 75 centimes.

EMPLOI DE LA JOURNÉE A L'USAGE DES GENS QUI DÉSIRENT NE PAS SOUFFRIR DE LA CHERTÉ DES LOYERS.

Neuf heures. — Se lever. Mettre le feu à sa maison en allumant son feu.

Onze heures. — Déjeuner avec un ami aux Champs-Elysées en chantant des refrains séditieux.

Deux heures. — Conduire soi-même sa victoria et écraser une famile du Marais.

Trois heures. — Essayer son adresse en jetant des pavés dans lés glaces des magasins de la rue de la Paix.

Cinq heures. — Embrasser, pour faire voir qu'on est connaisseur, toutes les plus jolies femmes qui passent sur le boulevard.

Sept heures. — Dîner, Insinuer, pour faire une plaisanterie, l'argenterie du restaurateur dans sa poche.

Neuf heures. — Aller au théâtre et, sous prétexte de myopie, monter sur la scène pour voir le spectacle de plus près.

Minuit. — On n'aura vraiment pas de chance si, à cette heure, on n'est pas logé aux frais de l'État dans un de ses établissements pénitentiaires.

EMPLOI DE LA JOURNÉE A L'ᵉUSAGE DES GENS QUI DÉSIRENT DEVENIR PHILOSOPHES.

Dix heures du matin. — Se lever, quoiqu'on

10*

n'ait rien à faire, afin de ne pas être de mauvaise humeur le jour où cette nécessité se présenterait.

Neuf heures du matin. — Ne pas déjeuner, quoiqu'on ait un excellent repas servi ; moyen de se familiariser avec la faim, en cas de disette.

Onze heures. — Toucher de sa famille une somme de mille francs. Laisser tomber le billet dans le feu pour s'empêcher de tenir outre mesure à l'argent.

Une heure. — Aller se promener dans les quartiers les plus fangeux de Paris, afin d'être préparé, si l'on venait par suite de revers à être obligé d'y élire domicile.

Trois heures. — S'abonner au *Constitutionnel* pour lequel on a une juste horreur, afin de dompter ses antipathies.

Six heures. — Dîner et avoir soin de manger de mauvaises moules pour s'assurer qu'on n'a pas peur de l'enflure et de la douleur physique.

Huit heures. — Avoir rendez-vous avenue Gabrielle avec une femme charmante, et aller pendant ce temps à la Bastille, — pour éviter de tomber sous la tyrannie de l'amour.

Dix heures. — Recevoir une ondée sans ouvrir son parapluie, — pour s'endurcir aux épreuves climatériques.

Minuit. — Tomber de sommeil et partir à pied pour Versailles, — afin d'être exercé aux veilles pour le jour où l'on sera de garde.

EMPLOI DE LA JOURNÉE A L'USAGE DES GENS QUI DÉSIRENT MOURIR DANS LEUR FLEUR.

Neuf heures. — Se lever. Décacheter le *Monde* et la *Gazette de France*.

Dix heures. — Boire quatorze verres d'absinthe pour s'ouvrir l'appétit.

Onze heures. — Déjeuner. Melon, crudités à indiscrétion. Cigares, liqueurs.

Midi. — Deux chapitres de *Salammbô*.

Une heure. — Faire faire sa photographie.

Deux heures. — Tomber amoureux fou de n'importe quelle dame de plâtre.

Trois heures. — Répéter les évolutions du prochain steeple-chase, ou séance de l'Académie des sciences.

Quatre heures. — Visite à l'atelier de M. Courbet.

Cinq heures. — Passer devant l'Hippodrome.

Six heures. — La *Liberté*, journal du soir... Six alinéas de Girardin (Émile), sur son ami le czar.

Sept heures. — Re-absinthe. Dîner. Lièvre et homard.

Huit heures. — Un acte d'un drame de M. d'Ennery.

Neuf heures. — Nouveaux chapitres de *Salammbô*.

Dix heures. — Penser à M. Veuillot.

Minuit. — Voir un médecin.

Minuit cinq. — On est perdu.

Post-Farce. — Nous avons parlé par amour pour le repos d'autrui. Nous nous taisons par respect pour le nôtre.

MON MEILLEUR AMI.

—

FANTAISIE

I

Les moralistes — depuis plusieurs siècles —
passent leur temps à gémir sur la décadence de
l'amitié. Il faut toujours que les moralistes gémis-
sent sur quelque chose.

Ont-ils raison ? Peut-être ; mais j'avoue que je
n'en prends aucun souci : car, en dépit de ce qu'ils
peuvent dire ou faire, moi, j'ai mon ami, un vrai
ami, un ami comme on n'en trouve guère.

Ce n'est point un Philinte, ce n'est point un
Alceste, c'est un sage. Il n'a ni exagération, ni

partialité ; il ne grossit ni les qualités, ni les défauts ; il voit le monde tel qu'il est et le traduit tel qu'il le voit. Tant pis pour le monde, s'il est souvent laid à voir !

Quant à lui, il n'a qu'une devise : franchise et loyauté. Ne lui demandez pas la complaisance funeste des flatteurs hypocrites, ne lui demandez pas l'approbation forcée des parasites sans vergogne. C'est là le masque de l'amitié, mon ami en a la réalité sincère.

Mais demandez-lui des conseils désintéressés et sûrs, demandez-lui le courage de ses opinions, — dussent ces opinions vous mortifier un moment, — demandez-lui enfin ce qu'on doit attendre d'un compagnon fidèle, et jamais il ne trompera votre confiance.

D'aucuns seraient même, à ce que j'imagine, d'avis qu'il pousse parfois la franchise jusqu'à la brusquerie ; mais moi, je sais que c'est un bourru bienfaisant et je le remercie de ses boutades, au lieu de m'en fâcher.

Ils sont si rares, les amis comme mon ami !

II

La première fois que j'appris à l'apprécier...
Déjà nous avions eu des relations suivies, mais je
ne prisais pas toute sa valeur et je le laissais
un peu dans son coin.

La première fois, dis-je, que j'appris à l'apprécier, c'était un soir. J'étais invité à un bal qui
devait être précédé d'un concert intime et d'une
comédie de salon. Et moi, moitié par vanité, moitié par obligeance, j'avais accepté un rôle dans la
comédie et dans le concert.

J'espérais un succès, et plusieurs de mes amis,
— des autres ! — m'avaient bien voulu jurer sur
répétition particulière que je jouais comme feu
Talma, que je chantais comme feu Elleviou.

J'allais partir ! quand soudain l'idée me vint
d'essayer encore une fois certain passage de la
pièce devant lui, que j'avais négligé de consulter

Nous étions seuls : moi, debout au milieu de ma chambre ; lui, auprès de la cheminée.

Je commençai une tirade avec gestes. Mais, m'interrompant dès les premiers mots :

— Comment ! me dit-il, as-tu donc perdu la tête ? ne t'aperçois-tu pas que tu es grotesque, que la comédie de salon est un traquenard, que les louanges t'aveuglent ?

— Pourtant !

— Il n'y a pas de pourtant qui tienne. Ta pantomime est gauche, ton visage grimace, tes bras font le télégraphe. Tu seras applaudi tout haut, mais bafoué tout bas. Je t'en préviens ; maintenant à ton aise...

— Au moins me concéderas-tu les trois couplets de ma romance en *la* bémol ?

Déjà j'ouvrais la bouche pour lui en donner un spécimen.

— Encore mieux ! La bouche en cœur, les yeux au ciel, tu veux donc absolument poser tout vif pour ta caricature ?

J'eus un moment de dépit ; puis, faisant un retour sur moi-même, je compris la justesse de la critique, et depuis lors, je ne peux pas voir dans une soirée une victime barboter dans le proverbe ou sombrer dans la romance sans bénir intérieurement l'intervention de mon ami !

III

A dater de ce signalé service, ce fut entre nous à la vie, à la mort, et je ne jurai plus que par lui.

Mais aussi où rencontrer une si merveilleuse perspicacité? Impossible de rien lui cacher. Dès le premier abord, le voilà qui m'interpelle :

— Bonjour. Qu'y a-t-il de neuf ce matin?... Diable ! diable ! nous sommes mécontent de nous. Nous avons quelque mauvais projet qui nous tourmente ou quelque rémords qui nous persécute. Prends-y garde, mon cher, le remords est un triste compagnon.

11

Ou bien :

— A la bonne heure! J'aime ce visage épanoui.
Gageons que tu viens de faire quelque excellente
action. Je ne t'en félicite pas, tu es déjà assez ré-
compensé par toi-même.

Et chaque fois qu'il parle ainsi, le gaillard de-
vine juste, si bien que je serai un de ces jours
forcé de devenir tout à fait bon, par crainte du
contrôle de mon ami.

IV

Aussi — si j'avais une fille...

Des langues perfides ont, à ce sujet, répandu
sur le compte de mon ami de vilains bruits qui
n'ont pas le sens commun. On prétend qu'il
exerce sur les femmes une dangereuse influence,
qu'il leur tourne la tête et peut les entraîner à
commettre de cruelles fautes.

Moi, je persiste à soutenir que ces rumeurs sont

mensongères. Les têtes ne tournent qu'en raison directe de leur légèreté.

Aussi, — je le répète, — si j'avais une fille, c'est lui que je lui donnerais pour conseiller, et je gage qu'il lui dirait :

— Mignonne, vous êtes jeune; mignonne, vous êtes belle. Restez parée de ces deux ornements-là. D'autres vont demander au luxe d'inutiles hochets; le luxe coûte trop cher au cœur dans le tourbillon parisien. Mignonne, restez simple pour rester digne d'être aimée!...

Est-il meilleur langage que celui de mon ami?

V

C'est qu'en outre, je ne sais guère de médecin plus observateur !

Il n'a, il est vrai, aucun système ; il n'est ni pour l'allopathie, ni pour l'homéopathie; il n'a inventé aucun remède secret, ne fait aucune réclame à la quatrième page des journaux, n'est membre d'aucun corps savant.

Mais en vaut-il moins ? Je trouve, moi, qu'il n'en vaut que davantage ; car toute sa science est basée sur l'expérience des faits.

Il ne s'y trompe pas, allez !

— Hum !... hum !... Nous avons mal dormi cette nuit !

— Mais...

— Pourquoi dissimuler ?... Nous avons veillé trop tard... Nous avons joué ? Nous sommes amoureux ? Nous avons fait des vers ? N'importe ! Nous avons veillé trop tard, comme me le prouve ce cercle de bistre creusé autour des yeux. J'ordonne de se coucher aujourd'hui de bonne heure, sinon je ne réponds de rien.

Et même... certainement, le mal est plus grave que je ne le pensais. Tu as été gourmand cette semaine ?... Ne nie pas... Ces veines injectées disent truffes et champagne, ce teint jaune dit gastralgie...

De la sobriété, de l'activité et une grasse semaine de campagne...

Il fait une terrible concurrence à la Faculté,
mon ami.

VI

Un certain jour, cependant, nous avons eu une
altercation. Il n'y a pas bien longtemps de cela.

Je passais près de lui sans penser à mal, quand,
m'arrêtant au passage :

— Tu sais que tu commences à grisonner ?

— Par exemple, à mon âge !

— Ce n'est encore qu'un avertissement.

— Dont je me passerais fort bien.

— Ce qui n'empêche pas que là, sur ta tempe,
j'ai aperçu un beau cheveu blanc. Je te préviens
pour que tu te prépares à renoncer incessamment
à des prétentions juvéniles qui deviendraient ridicules.

— Tu m'ennuies, à la fin !

— J'en suis désolé.

— Ah ! c'est ainsi... Eh bien...

Un peu plus, tout était rompu... Mais lui, sans s'émouvoir, continua :

— Encore un travers de plus. Je ne t'avais pas encore vu en colère. Tu es horriblement laid, sais-tu, lorsque tu t'emportes.

Il avait raison, et mon courroux tomba devant le bon sens ironique de mon ami.

VII

Du reste, je ne suis point égoïste et j'en souhaite un pareil à chacun de vous. Rien de plus aisé : comme Sosie, il est volontiers *ami de tout le monde.*

Par exemple, il est envers tout le monde de la même franchise, ce dont quelques-uns s'offensent quand ils devraient le remercier.

De quels écueils ne préserverait-il pas, si on l'écoutait !

Au parvenu qui se chamarre de bijoux et toise le passant du haut de ses arrogances millionnaires, il dirait que ces splendeurs de mauvais aloi trahissent, au lieu de la cacher, son humble origine ; que l'arrogance est le synonyme de petitesse, et que ceux qui regardent de haut sont d'ordinaire ceux qui sont partis de bas.

Au gandin en quête d'excentricités, il dirait qu'il n'a pas besoin d'aller à la montagne du ridicule, puisque la montagne vient à lui d'elle-même.

Au vieillard qui rêve une union trop tardive, il ferait comprendre que l'on n'accouple pas l'hiver au printemps, et que ses rides sembleront plus profondes à côté d'un frais visage de vingt ans.

A l'avare que sa passion consume, il conseillerait de jouir d'une fortune autour de laquelle rôde la mort donnant le bras à un héritier.

Ah ! si on voulait l'en croire, il en dirait encore bien d'autres, mon ami.

VIII

Et moi, je vous exhorte sincèrement à ne pas mépriser ses avis.

Car j'avais oublié de vous énumérer ses deux plus précieuses qualités.

On n'a pas besoin de lui payer à dîner ; il n'emprunte jamais d'argent !

Vous en doutez ? Je vous jure qu'en dix ans je n'ai dépensé pour lui que trois francs cinquante.

— Mais alors quel est donc ?...

— Mon ami prodige ? Parbleu, c'est le miroir devant lequel je me fais la barbe !

COMME ON FAIT SON LIT...

(Fantaisie parisienne.)

———

I

LE GANDIN

Trois heures et demie du matin — et je n'ai pas
encore fermé l'œil!

C'est leur faute aussi... Me faire fumer douze
cigares et boire huit verres de chartreuse, — sans
compter les vins !...

Et cela sous prétexte que c'est moi qui payais! ·

Moi qui déteste la chartreuse, à qui le cigare
tourne sur le cœur ! Moi qui aimais à me coucher

11*

tous les soirs à huit heures, à ne boire que de
l'eau rougie, à...

Pourquoi faut-il qu'une vanité stupide m'ait
fait endosser le ridicule personnage que je joue !

Quatre heures !... Je ne me sens pas du tout à
mon aise... Maudite chartreuse !... A moins que
ce ne soient les cigares, ou bien tous les deux...

Mais c'est absurde ! mais je suis un niais, un
crétin ; je me révolte contre moi-même, à la fin !

J'en ai assez des vêtements trop longs ou trop
étroits ; j'en ai assez des faux-cols expiatoires, j'en
ai assez des promenades à cheval, des insomnies,
des...

Décidément je me sens très-mal !... C'est bien
fait, butor ! Au lieu de rester Maniveau, fils de
Maniveau, gros fermier, tu as voulu...

Je suis cousu de dettes, je suis abîmé de gastrites, je suis... A dater de demain, je jure de renoncer...

Il me semble que la chartreuse descend... Que
dirait Tortoni de ma disparition ? Positivement
elle descend...

Dorénavant, je la boirai plus tôt, pour que mon indigestion soit passée quand je me coucherai...

II

LE BOURGEOIS.

Le mari. — Bron ! bron ! bron !...

Quarante de bésigue et soixante de dames...

La femme. — Oui, dors, matérialiste !... Dors et rêve à ton café ! Les cartes le soir, le jour le bureau !...

Et cela se figure qu'une pauvre femme qui a un cœur sensible peut s'accommoder de cette existence végétative...

Quand je demande à monsieur de me mener prendre l'air, il me répond que je n'ai qu'à ouvrir la fenêtre...

Eh bien, il y en a d'autres qui... Vous l'avez voulu, Gorges Dandin !...

(Elle se lève à pas de loup.)

Le mari. — Brron !... brron !... brron !...

La femme. — Il ronfle comme un gros tuyau... Il n'y a pas à craindre qu'il s'éveille...

(Écrivant à la clarté de la veilleuse.)

« Mon Alfred chéri,

« Tu n'es pas venu aujourd'hui — et la journée m'a paru bien longue.

« Ne manque pas demain, quand il sera parti, de... »

Le mari. — Brron ! brron !... Poliveau, vous avez déjà compté dix de *rechange.*

III

LE BANQUIER.

Soixante, quatre-vingts, cent... Je vends les Autrichiens, je cherche un prêteur... Les diamants de ma femme... les bijoux de ma fille... le montde-piété m'en donnera toujours bien douze mille francs...

Ce n'est pas encore assez !

Fatalité !... il manque quarante mille francs !... quarante mille francs dont l'échéance tombe demain !

Pourquoi n'ai-je point écouté les conseils ?... Un début heureux... J'ai voulu, j'ai cru...

Quarante mille francs !... je n'y tiens plus... je veux me lever. Me lever ! si l'on apercevait à cette heure de la lumière chez moi, mes créanciers, qui guettent peut-être, verraient leurs soupçons confirmés...

Ce passeport pour la Belgique est périmé... Si l'on allait, à la frontière, me retenir...

Pendant ce temps le télégraphe... Quelle torture !

Et dire qu'à cette heure il y a peut-être à Paris vingt mille personnes qui envient en rêve l'heureux sort du banquier M***!

IV

L'AMOUREUX.

Elle a été plus froide... je ne puis me faire illusion !

Quand je me suis approché pour lui parler, il m'a même semblé qu'elle affectait de détourner la tête...

Je ne lui ai pourtant rien fait! C'est une coquette.

Et cet attaché d'ambassade, — un freluquet, un fat, — avec qui elle a causé une partie de la soirée, avec qui elle a dansé deux quadrilles et une valse !... Deux quadrilles ! tandis que je n'ai pu qu'à grand'peine obtenir une polka ! Cependant sa main a répondu à la pression de la mienne, lorsque je lui ai dit adieu...

Elle a accepté le billet que je lui ai glissé furtivement... C'est un ange.

Si l'attaché d'ambassade allait lui avoir aussi glissé un billet... les femmes sont si perfides...

Comment! déjà le jour?... Ces couvertures me brûlent... Des couvertures de Nessus! dirait un poète.

Un poète! Pourquoi, pour tromper mon insomnie, n'essaierais-je pas quelques rimes?...

Après un quart d'heure de cet exercice, il dort profondément.

L'ACTRICE.

Ils ont applaudi la débutante... Et moi, ils m'ont chutée.

Chutée! lorsque autrefois ils auraient disputé l'honneur de s'atteler à mon coupé.

C'est qu'autrefois n'est plus. J'ai voulu me cramponner à mes anciens succès, j'ai voulu retenir ces couronnes qui m'échappaient...

Car ils ont applaudi la débutante !

(Elle rallume la bougie, se regarde longtemps et silencieusement dans un miroir, deux larmes coulent sur ses joues.)

VI

L'HOMME D'ETAT.

Aurais-je été trop froid avec l'ambassadeur prussien?... Aurais-je été trop empressé avec l'ambassadeur anglais? Aurais-je eu tort de causer si longtemps dans une embrasure avec le ministre plénipotentiaire de Saxe? Aurais-je eu tort de ne pas entretenir en particulier le nonce pontifical?

Mon mémoire sur les affaires italiennes paraîtra peut-être bien hardi? La solution que je propose pour le conflit danois semblera peut-être bien timide?

Mes ennemis guettent et l'on m'a informé que

j'avais une disgrâce à redouter; mes amis m'accablent de sollicitations et pourtant je ne suis pas omnipotent.

Refuser aux uns, c'est plaire aux autres, mais c'est en même temps...

Quand j'étais étudiant, comme je dormais tout d'un somme!

VII

LA BICHE.

Le champagne m'agace les nerfs...

Je ne sais de quel côté me tourner... Si on ne me reprenait pas les bouchons pour un franc..

Étaient-ils assez tannants, ces boursiers d'hier soir !... Il paraît que le maigre a trois chevaux...

Oh! ce champagne... si on ne me reprenait pas les bouchons !

VIII

L'IVROGNE.

Et puis... qu'est-ce qui leur demande quelque chose?...

Quoi! le ruisseau! C'est donc pas à tout le monde? Montrez-moi votre bail... Du crâne Beaugency!... ça fait dormir que c'est une bénédiction.

(Il se retourne voluptueusement et allonge les bras sur le trottoir.)

Ça vous répand une fraîcheur au dedans... et au dehors, ma foi!... On dirait que je suis dans un bain émollient.

Qu'est-ce que vous me chantez avec votre ruisseau! Je vous dis qu'il est à moi, le ruisseau... Je me suis arrangé avec l'édilité qui, vu la hausse.. la hausse... des loyers, m'a fait des concessions...

Mais ne me secouez donc pas comme ça... le

Beaugency a droit à des égards. Au poste ! moi ça m'est égal, je demanderai des dommages-intérêts... Je demanderai.., je demanderai à l'édilité... de faire mettre dans ma location... des pavés élastiques !

IX

L'ENFANT.

Numéro un.

— Ah ! polisson ! tu ne dormiras pas... toute la nuit tu me réveilleras...

Une correction bien sentie est le résultat de ce monologue.

Numéro deux.

— Pauvre cher trésor ! comme il dort ! Après tant de nuits d'angoisses, il me semble que c'est un rêve !

Sauvé ! il est sauvé !

N'importe ! je veillerai encore aujourd'hui. Une crise pourrait le reprendre. Dors, mon chéri, dors! je suis là !

Inutile d'ajouter que le numéro un est une nourrice, et le numéro deux une mère.

LE TYRAN

—

J'ai lu l'histoire des oppresseurs célèbres, mais jamais, j'ose l'affirmer, il n'exista un despote aussi complet que celui dont je veux vous entretenir.

Néron, Caligula, Denys, Héliogabale et cent aures encore fusionnés ensemble ne sauraient aller à la cheville de ce tyran-là. Au reste, vous allez en juger vous-mêmes par les indications véridiques qui vont suivre.

Les célébrités de l'autocratie dont j'énumérais les noms tout à l'heure n'exerçaient leur domination arbitraire que sur une partie du globe : le tyran dont j'entreprends de crayonner le portrait exerce la sienne sur toute la surface de la terre ; tout plie devant lui, ses fantaisies sont des ordres, ses caprices des décrets.

Et pourtant, chacun sait combien il est déraisonnable.

Ne connaissant d'autre règle que son bon plaisir, sacrifiant tout à ce qui l'amuse, sans pitié pour ce qui lui déplaît ou l'ennuie, il ne tient compte, dans ses colères soudaines et dans ses rancunes irréfléchies, ni des services, ni des affections, ni des dévouements. *Sit pro ratione voluntas* !

Ce n'est pas à un pareil gaillard qu'il faudrait aller parler de gouvernement constitutionnel. Les conseils, il s'en rit. Moins il sait, plus il a de confiance en lui-même.

*
* *

Pour ce qui est de l'intérieur, il semble se faire

une science du désordre. Bouleversant le lendemain ce qu'il édifia la veille, jetant sans cesse la
perturbation, se levant avec une idée pour se coucher avec une autre, il rend toute organisation
impossible.

En ce qui concerne les finances, c'est bien autre chose encore.

Il faut que tout converge vers lui; tant pis pour
les budgets que déséquilibrent ses lubies! Quand
il a dit : Je veux! on doit répondre : Ainsi soit-il.
Sans quoi, vous verriez comment il prendrait la
chose.

Pour les relations extérieures, le tyran dont je
parle n'est pas moins absurde, un signe de lui et
voilà souvent la guerre allumée ; un signe de lui
et il met aux prises des gens qui s'aimaient et vi-
vaient en parfaite intelligence depuis de longues
années.

*
* *

Car, à l'instar de la plupart des tyrans, il a un

goût prononcé pour les engins belliqueux. Il adore les mises en scène de bataille, les panaches, les tambours, les fusils.

A tel point qu'il passe souvent des journées entières à répéter la même manœuvre. C'est presque une monomanie. Pas plus, d'ailleurs, en ceci qu'en autre chose, il ne raisonne. Toujours et partout, c'est son instinct qui l'entraîne. Tant pis pour le sens commun.

Sa constitution ne se compose que d'un seul et unique article : « Tous les citoyens sont égaux devant ma domination. » Contents ou non, obéissez.

* * *

On a souvent parlé des excentricités de costume auxquelles se sont livrés certains despotes fameux.

Soulouque, par exemple, fut un des modèles du genre avec ses plumets invraisemblables, ses bottes à l'écuyère cerclées d'or et d'argent. Le tyran dont nous esquissons la physionomie va bien plus loin encore en fait d'originalités et de monstruosités. Depuis quelque temps surtout. c'est un débordement effréné de toilettes folles.

Quels affublements, mon Dieu !

Le rouge, le blanc, le vert, le jaune se livrent sur sa personne à des hiatus horripilants. Le beau, c'est le laid pour lui.

*
* *

A dire vrai, ce n'est pas absolument sa faute, c'est plutôt la faute de ses concitoyens. Il en a, en effet, toute une cohorte, tout un peuple. C'est à qui, parmi ceux-ci, s'extasiera sur le charme des travestissements ridicules que nous indiquions.

C'est un chœur perpétuel :

— Qu'il est bien, qu'il est beau ! Comme ce pourpoint abricot lui sied à ravir ! que cette toque

12

à plumes tricolores couronne agréablement son
chef !

Ces flatteries ne contribuent pas peu à fausser
ce que le tyran pourrait avoir de sens commun.
Car ce ne sont pas seulement ses toilettes que
l'adulation applaudit sans vergogne. A peine le
tyran a-t-il ouvert la bouche, fût-ce pour dire une
monstrueuse bêtise, que la bande des claqueurs
tout entière murmure avec des intonations idolâ-
tres :

— Mais c'est charmant. Plein d'esprit ! Comment fait-il pour mettre ainsi du sel dans ses
moindres mots ?

Là-dessus, les gazettes, car la presse est naturellement aussi à sa dévotion, de s'en aller col-
porter avec amour telle ou telle réplique absolument idiote.

On fait mieux. Lorsque le tyran ne dit rien, on
lui fabrique des mots qu'ensuite on propage en les
lui attribuant. Et les claqueurs applaudissent toujours.

*
* *

Mais, me direz-vous sans doute, un aussi absurde tyran ne saurait longtemps maintenir son pouvoir ; c'est précisément là ce qui vous trompe. Ce pouvoir est si solidement établi qu'il a jusqu'à présent défié toutes les révolutions.

Les autres tyrans ont, tôt ou tard, expié leurs excès ; celui-ci semble consolidé par les siens mêmes.

Il y a bien çà et là quelques tentatives de révolte, mais sitôt comprimées ! Leurs auteurs sont les premiers à faire leur soumission et à venir demander pardon de leur irrévérencieuse tentative.

Les hommes les plus éminents, les savants les plus illustres, les génies les plus incontestables, ploient humblement l'échine devant le tyran; on a même vu (ceci est historique) des rois se mettre à quatre pattes devant lui.

*
* *

Racine, dit-on, mourut du chagrin que lui avait causé un regard de Louis XIV ; de même, j'ai rencontré un vieillard, aussi recommandable par le talent que par le caractère, qui pleurait presque lorsque le tyran n'avait pas daigné lui sourire depuis deux jours.

Il y a, en effet, ceci de particulier, que c'est une tyrannie que l'on aime, au-devant de laquelle on court, et que ceux qui ne l'ont pas subie encore appellent de tous leurs vœux !

C'est un monstre, ce tyran ! Il a tous les défauts dont je vous ai donné une faible idée, il en a bien d'autres encore.

Comme un Vitellius, il est l'esclave de sa gourmandise ; comme un Théodoros, il est l'esclave de sa colère. Il est entêté, ignorant, dissimulé, tapageur, querelleur, vindicatif... J'épuiserais presque la kyrielle entière des épithètes défavorables.

Mais, à côté de ces défauts ou de ces vices, réside en lui je ne sais quel attrait magnétique qui fait qu'on ne peut résister. Malgré soi, on se sent prêt à mourir pour le sauver, et l'on a peine à comprendre comment l'on pourrait lui survivre.

Jamais, on peut l'affirmer, aucun autre souverain n'inspira des sentiments aussi profonds et aussi vrais. Ce ne sont pas ici des tendresses officielles à la formule banale, c'est un dévouement universel. Dans les moments même où l'on se prend à maudire le tyran, dans les moments même où les injustices indignent le plus, on se donne à soi-même des raisons pour l'excuser et pour le chérir davantage.

*
* *

Et pourtant, il ne distribue, celui-là, ni places, ni rubans, ni dignités, ni sinécures, ni titres de

12*

noblesse, ni dotations. Il faut, sans cesse, lui donner, au contraire, pour ne recevoir souvent en échange que de l'ingratitude.

N'importe !

Il faut croire que celui-là est vraiment un souverain de droit divin, puisque personne ne songe à se soustraire à sa domination !

*
* *

Je vous entends d'ici me demander dans quelle partie du monde règne et gouverne le tyran en question.

Je vous l'ai dit déjà : Partout ! En Europe, en Asie, en Afrique, en Amérique, en Océanie. Il a réalisé, le gaillard, l'unité de gouvernement rêvée par les utopistes.

Vous haussez les épaules et vous semblez me prendre pour un fou ou pour un mystificateur.

Ni l'un, ni l'autre. S'il faut vous le dire et si vous ne l'avez deviné, le tyran charmant et abominable, adoré et maudit, s'appelle le *Roi bébé*.

C'est l'enfant devant qui, tous, tant que nous sommes, nous nous troublons, nous faiblissons ; l'enfant dont les décrets ayant force de loi sont promulgués par un regard ; l'enfant dont nous sommes les très-humbles, très-fidèles et très-obéissants serviteurs et sujets.

Cette formule consacrée qui sonna faux bien souvent n'est ici, je vous l'assure, que l'expression de la réelle réalité.

Dieu nous le garde longtemps, le tyran !

Qu'il continue à son gré à faire la pluie et le beau temps, le soleil et les ténèbres, la tristesse et la gaieté. Qu'il continue à nous gouverner avec son sceptre-hochet ; qu'il continue à improviser, à sa fantaisie, des terreurs blanches et roses qui ont ceci de particulier que c'est pour sa tête seule que nous tremblons.

* *

Et maintenant, voulez-vous que je vous dise

pourquoi, à l'encontre de toutes les autres, cette tyrannie-là ne nous révolte pas?

C'est qu'avant de la subir nous l'avons exercée.

Vive le tyran !

LES REVENANTS

—

Y a-t-il des revenants?

Devant ce point d'interrogation énigmatique, les générations les plus diverses ont hésité ; après avoir hésité, elles ont disserté. Après avoir disserté, elles se sont trouvées plongées dans des abîmes de perplexité plus profonds que jamais.

Y a-t-il des revenants !

Le spiritisme a récemment rendu toute son actualité à cette question palpitante, et malgré les affirmations du spiritisme, on n'est pas plus avancé qu'auparavant.

Peut-être même l'est-on un peu moins.

Il s'agirait cependant de trancher le problême.

Pour ce faire, le meilleur moyen m'a semblé être celui que je vous propose d'adopter, et qui consiste à admettre pour quelque temps la réalité du fait controversé.

Donc, oui, il y a des revenants.

Je le suppose, vous le supposez, nous le supposons.

Reste maintenant à savoir ce qui se passe dans le monde hypothétiqne où nous nous introduisons.

C'est la grande revue qu'à minuit passe... Passons nous-mêmes les plus longs préambules, car le défilé commence.

Celui-ci, c'est

LE REVENANT LITTÉRAIRE.

Ne le reconnaissez-vous pas ?

C'était en l'an 1800... souvenez-vous en ? De son vivant, il s'appelait Florimond. Il publiait alors dans la *Pandore* et la *Sylphide* des articles qui faisaient littéralement sensation.

Il écrivait des drames qui rivalisaient avec ceux de Pixéricourt, et a même commis une tragédie.

Cinq actes, en vers, tout y était, et la chose fut jouée à la Comédie-Française.

L'auteur alla aux nues.

Le voilà qui, en sa qualité de revenant, s'en va flâner chez Péter's, espérant que dans le monde des lettres sa mémoire aura survécu.

Hélas !

Il est question, dans tous les dialogues de Ludovic Halévy et de Sardou, des danseuses espagnoles et de la *Biche au bois*, de la pièce nouvelle de M. Ponsard et de la dernière plaisanterie du facétieux M. Prévost-Paradol.

Mais le nom du revenant littéraire n'a pas été prononcé une seule fois.

Si, une seule.

Un des assistants a crié à l'autre :

— Ne me pousse pas à bout, sinon je proclame que tu es un Florimond...

— Un Florimond... comme tu aurais dit un idiot, un crétin, une buse...

Et le revenant littéraire a pris la fuite sans même se donner la consolation de penser que la même chose arrivera à ses successeurs et à leurs descendants.

A un autre.

Celui-là est

LÉ REVENANT ARTISTIQUE.

Un peintre qui florissait sous la Restauration, monsieur.

Paysagiste éminent.

École de Bertin.

On aurait compté les feuilles de ses arbres... Il vous faisait des natures propres comme un sou... A croire que le frotteur y avait passé.

Et l'on se pâmait, fallait voir!

Les dames au salon faisaient des attroupements devant ses œuvres.

Le peintre qui florissait sous la Restauration a quitté ce qu'on nommait en sa jeunesse *Les sombres bords* ou le *Ténare*, pour venir voir où en est sa gloire.

Dame, il lui a fallu longtemps pour se renseigner.

Impossible de trouver trace de ses tableaux jadis couverts d'or.

Si, pourtant.

Il a fini par en rencontrer un.

C'était sur les quais. Un marchand de bric-à-brac était à son sujet en pourparler avec un rapin.

— Combien ? disait le rapin.

— Trente sous.

— Par exemple !

— Voyons, vingt-cinq ?

— Non.

Écoutez, si c'est la peinture qu'il y a dessus qui vous empêche d'acheter la toile, je vous la passerai au blanc pour le même prix...

13

Sur quoi le revenant artistique n'a pas demandé son reste, je vous en réponds.

Après lui

LE REVENANT DE L'AMOUR.

C'était un couple comme le roman n'en n'avait pas créé.

Les types les plus incandescents n'étaient que des appareils à fabriquer de la glace auprès d'eux.

Lui avait juré de n'avoir pas d'autre femme qu'elle.

Elle avait fait serment de ne jamais avoir d'autre époux que lui.

Mais les parents, ces bons parents du deux et deux font quatre, n'avaient pas entendu de cette oreille-là.

Ils avaient mis leur *veto*, sous le fallacieux pré-

texte que lui n'avait pas de rentes assez arron-
dies.

Lui, qui y allait avec toute la candeur désirable,
résolut de mourir avec elle.

Il acheta du laudanum et en avala une dose
colossale.

Après quoi il passa le flacon à sa compagne
qui, mieux avisée, le jeta par la fenêtre et alla
chercher le médecin.

Lui trépassa.

Son premier soin en arrivant dans l'autre monde
fut de chercher à ses côtés l'ange de sa ci-devant
existence.

Ne l'y trouvant pas, il regagna la terre pour
voir ce qu'elle était devenue. Ses recherches an-
térieures lui ayant demandé un certain temps, —
car l'autre monde est infiniment plus grand et
plus peuplé que celui-ci — il s'était écoulé six
mois quand il fit sa rentrée occulte ici-bas.

Droit, il alla chez les parents de son adorée.

Justement celle-ci arrivait en compagnie d'un inconnu.

L'inconnu la tutoyait.

Horreur !

Et elle, — la Louise de ses rêves — parlant à la personne de madame sa mère, prononça cette phrase hideuse :

— Nous venons d'acheter des gilets de flanelle pour mon mari. Il a toujours des sueurs rentrées, ce pauvre Joseph.

Mariée... achetant de la flanelle... de la flanelle pour un Joseph !

Abominable révélation.

Plus loin :

LE REVENANT DES MILLIONS.

Est-il assez choyé !

Assez caressé !

Assez entouré !

— Mon bon oncle, mon cher oncle, mon excellent oncle, ménagez-vous ; prenez bien garde, ça ne sera rien, mon oncle chéri ; nous serions très-malheureux de vous perdre, et la Providence ne voudra pas.

La Providence a voulu tout de même.

Le bon oncle, le cher oncle, l'excellent oncle, l'oncle chéri a trépassé.

C'est lui qui revient inspecter l'usage qu'on a fait de son héritage.

Ses deux neveux sont attablés dans le *grand seize* du Café-Anglais. On soupe avec de la *cocotaille* à la clef.

— A la santé de feu ton caissier avunculaire ! fait une de ces dames en levant son verre de champagne d'une main vacillante.

— Ça va !... En voilà un qui a eu une crâne idée, le jour où il a dévissé son billard !

— Un raseur ! un bénisseur sempiternel ! ajouta le neveu numéro deux.

— A la vôtre, mes biches! C'est bon comme tout, l'oncle sauté au vin de champagne.

Le tableau est régalant, n'est-ce pas? Que direz-vous donc de celui qui attend!

LE REVENANT DE LA MISÈRE.

Il était seul à soutenir la femme et les cinq petits.

Que sont-ils devenus après lui?

Il faut qu'il le sache.

Grands Dieux, dans un grabas, pleurant la faim, près de la femme alitée, les pauvrets demi-nus, hâves, décharnés...

Assez!

Il est temps de conclure.

*
* *

Ce que je fais ainsi :

Décidément il n'y a pas de revenants.

Car s'il y en avait eu jamais, ce qu'ils auraient
vu les aurait dégoûtés de jamais recommencer.

LA RIME ET LA RAISON

ÉTUDE DE LINGUISTIQUE COMPARÉE

—

La raison dit Virgile, et la rime Quinault.

BOILEAU.

C'est une des plus antiques querelles dont
l'histoire littéraire de la France fasse mention que
celle qui, à ce qu'on assure, divise depuis un
temps immémorial la Rime et la Raison.

A en croire les autorités les plus compétentes
ces deux ennemis vivraient perpétuellement en
état d'hostilité et ne pourraient se regarder en
face. Mais vous n'ignorez point qu'il ne faut ja-

13*

mais croire que la moitié de ce qu'on dit. Ici même l'opinion généralement admise me paraît s'être fourvoyée.

Loin de se contrecarrer à tout propos et de se mettre des bâtons dans leurs roues réciproques, une étude un peu attentive de la question m'a, au contraire, démontré que la Rime et la Raison étaient, l'une pour l'autre, le plus utile des auxiliaires, et se rendaient mutuellement service.

J'ai observé, en effet, que la Rime, avec ses hasards heureux, fournissait à elle seule plus de rapprochements intelligents que n'en pourrait trouver un philosophe de moyenne portée.

Ce sont les résultats de ce petit travail que je veux avoir aujourd'hui l'honneur de soumettre à votre approbation pour appuyer mon dire.

En pareil cas, la meilleure de toutes les méthodes consistant à n'en suivre aucune, nous procéderons à ce rapide inventaire des jeux du son et de la pensée, en nous en rapportant aux hasards du hasard.

*
* *

Et tenez! voyez si la rime ne fait pas les choses avec une adorable précaution. Tout d'abord un exemple s'offre à moi, exemple péremptoire, concluant, décisif. Avec quoi rime *Odéon*? Avec *Accordéon*! Une équation en deux mots! *Odéon* est au théâtre ce qu'*accordéon* est à la musique. C'est écrasant de logique. Mais ce n'est rien. Ce premier spécimen n'est qu'un avant-goût. La revue va commencer, maintenant que vous êtes au courant.

Où sont les rimes à *Bravache*? *Moustache, cravache, panache*, pour finir par *ganache*. Ne voilà-t-il pas un portrait en trois consonnances! Et un portrait d'une ressemblance garantie!

Hommes de lettres qui vous complaisez dans les réticences et les circonlocutions des *avis au lecteur*, voulez-vous une leçon à votre adresse?

La voici telle que la rime la donne, sans qu'il soit besoin d'y ajouter une syllabe : *préface, paperasse, rêvasse, grimace, agace.*

Le collodion se meurt, le collodion est mort, répètent à l'envi tous les chroniqueurs grands et petits. C'en est fait des disciples de Daguerre. Parbleu ! la rime, pleine d'actualité, avait eu soin d'avance de faire à *photographe* correspondre *épitaphe.*

Vous faut-il en une ligne le croquis exact de ces beautés saugrenues qui roulent en victoria dans l'avenue des Champs-Élysées et trônent dans l'avant-scène des petits théâtres? Le voilà tout fait, et je n'ai rien à y ajouter : *biche* rime avec *riche,* voilà pour le cœur, et avec *bourriche,* voilà pour l'esprit.

CONSEILS POUR DÉTRUIRE L'EMBON-POINT, affichent certains empiriques qui vendent cinq francs quelque remède grotesque. *Maigre : vinaigre,* dit dans son laconisme intelligent la rime, à qui décidément rien n'est étranger, pas même la physiologie.

Pas même la politique ; écoutez-la plutôt parler : *diplomatie, facétie, inertie, balbutie* !

Mais la politique brûle ! Dispensons-nous, à 'exemple du prudent Conrard, d'en dire davantage sur ce sujet. Glissez, mortels, n'appuyez pas !

N'étaient-ils pas faits pour se comprendre et s'accoupler, ces deux mots *Bourgogne* et *ivrogne* ? La cause et l'effet !

Ombre de Molière, protége-moi si par aventure le rapprochement allait soulever contre moi le courroux des fils d'Esculape. Ce n'est pas moi d'ailleurs qui le fait dire au dictionnaire ; c'est lui qui s'écrie irrévérencieusement : *Médecine, routine, s'obstine, extermine* ! Ne m'en demandez pas plus. Je constate. Je ne commente pas.

Amour, Amour, à toi de te tenir sur tes gardes. L'éternité des roses est un rêve qui ne tarde jamais à être suivi d'un réveil désillusionnant. *Ange* ! roucoulent à madame toutes les romances. *Change*, fait en écho la rime, qui s'y connaît.

Si la prudence est recommandée à l'Amour,

elle n'est pas moins indispensable à l'argent par le temps de macairisme qui court. Il est d'honorables financiers qui sont dignes de tous les respects, mais il est aussi des tripotailleurs de catégorie infime auxquels il ne faut parler qu'en tenant prudemment la main sur son porte-monnaie. C'est à l'intention de ceux-là, j'en répondrais, que *banque* rime avec *saltimbanque*.

C'est aussi à l'intention des chorégraphes de l'anse du panier que *bonné* rime avec *friponne*; règle générale prouvée, hélas! par trop peu d'exceptions.

Qui a bu boira. Qui a connu la passion fatale des cartes en reviendra tôt ou tard à ses séductions malsaines. *Jeu, feu; adieu, vœu!*

Voulez-vous savoir à quoi vous en tenir sur les lis du teint de la jeune première ou de la grande coquette qui vous a fasciné, spectateur naïf, dans le dernier drame ou l'avant-dernière comédie? Rien de plus aisé. *Théâtre, albâtre, plâtre.*

Vous sentez-vous pour la chicane un penchant aussi irrésistible que fatal ? Tant pis, en vérité, tant pis. *Procès, regrets*, dit la rime qui se fait pauvre pour la circonstance, comme si elle voulait ajouter un présage à sa leçon.

Est-ce la loterie qui a le don de vous fasciner ? Encore des amorces trompeuses. N'y mordez pas. *Gros lot* va si bien avec *sot* !

*
* *

Voilà déjà, si je ne m'abuse, un assez grand nombre de preuves, et je pourrais, à la rigueur, m'en tenir là. Mais il est une démonstration encore bien autrement puissante et que je ne saurais passer sous silence.

Non contente d'exercer son empire sur les mots de notre belle langue, la Rime l'a étendu jusqu'aux noms des célébrités contemporaines.

Comme de raison, je n'ai pas la prétention de recommencer ici le dictionnaire de M. Vapereau, mais en feuilletant ses nomenclatures, comment ne pas être frappé par les coïncidences qui se présentent aussitôt en foule?

Commençons par l'*Académie,* — *momie*, à ce que ricane l'assonnance.

Feuillet, *reflet*; — Viennet, *sonnet*; — Guizot, *vieillot*; — Villemain, un *lendemain*; — de Noailles, *grisailles;* — de Carné, *surmené;* — de Laprade, *rétrograde...*

Et trente-trois et cætera.

Quand je vous affirme qu'il y a des prédestinations.

Dennery, le grand pontife du mélodrame vociféré, rime avec *cri*.

Mathieu (de la Drôme), le prophète de l'observation, avec *prodrôme.*

Mermet, l'un des espoirs de l'Opéra, avec *promet.*

Rossini, la premier cuisinier du siècle, avec *macaroni.*

Sardou, l'un des Crésus du théâtre, avec *Pérou.*

Noriac, qui devait être le plus spirituel des

historiographes de la vie militaire, avec *bivouac*.

Thérésa, qui trouve moyen d'avoir du talent, malgré un enrouement chronique, avec *coryza* !...

*
* *

Rien ne serait plus aisé que de multiplier à l'infini les citations, si la Rime ne se hâtait là encore d'intervenir pour me conseiller de ne pas abuser davantage de votre loisir.

Un bon averti en vaut deux.

Aussi bien j'ai prouvé ce que je voulais : à savoir que loin d'être un esclave qui ne doit qu'obéir, comme l'a dit Boileau déjà cité, c'est la Rime qui commande le plus souvent.

Je me soumets à son ordre. Elle a raison. Il ne faut pas faire fournir aux meilleurs sujets une trop longue carrière.

Abus ; *fourbus*.

LES CERTIFICATS DRAMATIQUES

Vous ouvrez un journal, — il n'y a pas de mal à cela.

Vous le parcourez.

Bulletin, dépêches, correspondances, faits divers...

Mais tout cela n'est rien.

Ce grand traître vous a réservé le coup de poing de la fin, consistant en une page et demie d'attestations, certifiant, avec plusieurs vingtaines de signatures à l'appui, que la *Graine de mou-*

tarde blanche est la preuve la plus évidente de l'existence de la Providence ;

Que le *Fluide des Odalisques* est la plus vigilante sentinelle qu'on puisse préposer à la garde de sa chevelure ;

Que les buscs *sympathico-chimico-galvaniques* font vivre cent cinquante-deux ans tous ceux qui les honorent de leur confiance ;

Et cætera.

Or, à cette lecture, il m'est venu une idée.

Depuis longtemps je remarque, en effet, que la réclame théâtrale est tombée dans le marasme.

Messieurs les secrétaires des entreprises dramatiques ne savent plus à quelle épithète se vouer.

On a épuisé les succès *immenses*, les succès *fabuleux*, les succès *délirants*.

On a blasé le public sur l'*éloquence des chiffres*, sur la *foule qui assiége les bureaux de lo-*

cation, sur *la plus grande œuvre qu'aient pro-*
duite les temps modernes.

. Sur tout !

De telle sorte que — si cela continue — la profession deviendra tout bonnement impossible.

Il est donc temps, plus que temps d'innover;
— et c'est cette innovation que je me flatte d'a-
voir découverte.

Cela m'a inspiré ceci.

Les certificats médicaux m'ont suggéré mon
projet des certificats théâtraux.

Comment les bourgeois résisteraient-ils à l'a-
morce quand un ou plusieurs des leurs viendraient
leur attester que telle œuvre est digne de toutes
leurs adorations?

L'esprit de corps oblige.

Impossible de ne pas être ému lorsqu'on lira
dans les feuilles publiques :

*
* *

Théâtre du Palais-Royal.

« Je soussigné déclare que j'étais atteint depuis plus de dix ans d'une maladie de la rate qui me causait des souffrances inouïes.

« Tout était sombre pour moi.

« J'avais pris la vie en dégoût, et vingt fois je fus sur le point de rouler dans l'abîme du suicide.

« Mais hier, ayant eu par hasard l'idée d'entrer au théâtre du Palais-Royal, j'ai vu Berthelier, j'ai ri, — et j'ai été sauvé.

« Je mange et bois à l'heure qu'il est comme une personne ordinaire.

« En portant ces faits à la connaissance de mes semblables…, etc.

« CALUMET, rentier, »

Théâtre du Merci, mon Dieu !

« Monsieur le Directeur,

« Ma pauvre femme avait contracté, il y a dix-
neuf ans, un refroidissement, d'où il était résulté
pour elle un catarrhe opiniâtre.

« Toute la Faculté de médecine, que j'avais con-
sultée sur la position d'Eudoxie, avait été impuis-
sante à la soulager.

« Vendredi dernier, — date à jamais mémora-
ble dans notre existence ! — un de nos amis nous
donna un billet de faveur pour aller voir le *Poi-*
gnard empoisonné, drame en dix-neuf tableaux
que vous représentez en ce moment.

« Eudoxie m'y accompagna.

« O bonheur !

« Dès les premières scènes, l'invraisemblance des situations, l'incohérence du dialogue commencèrent à faire suer mon épouse.

« Et jusqu'à la fin de la pièce, ce ne fut qu'un crescendo.

« Cette miraculeuse transpiration était précisément le remède occulte que la Faculté n'avait pas su découvrir.

« Eudoxie ne tousse plus, monsieur. Soyez béni !

« Et puissent tous ceux qui gaspillent un argent inutile en pâtes pectorales et en sirops incisifs prendre le chemin de votre bienheureux théâtre.

« GIBASSIN, »
« Bibliothécaire du bois de Vincennes. »

*
* *

Comédie-Française.

« Devant Dieu et devant les hommes, je jure que je ne dis que la vérité.

« Je souffrais horriblement d'une rage de dents qui me durait depuis trente-sept jours.

« Depuis le même laps de temps je n'avais pas clos la paupière.

Je dépérissais à faire frémir.

« O cette canine ! cette canine !

« Samedi, un de mes amis de Pontarlier vient à Paris, et malgré mes vives dénégations m'entraîne à la Comédie-Française.

« On donnait *la Maison de Pénarvan.*

« Prodige ! prodige !

14

« A la fin du second acte, ma douleur était assoupie !

« Au commencement du troisième, moi, que le sommeil fuyait obstinément, je dormais du plus profond de mon cœur.

« Oui, le proverbe a raison : *N'arrachez pas, guérissez !* et pour cela, vous qui souffrez, allez rue de Richelieu, la porte à droite en venant des Tuileries.

« CANARDOT, *propriétaire.* »

* *

Je borne là mes exemples.

Ils ont suffi, lecteur, à vous faire apprécier l'utilité de ma proposition.

Avec la liberté des théâtres, on ne sait pas quels développements insensés elle est capable de prendre.

Pour ma récompense, je ne demande pas même à être, comme Alexandre Dumas, nommé président de la moindre société de sauvetage.

La satisfaction de faire le bien doit être le seul pourboire qu'ambitionnent les âmes généreuses.

UN ROMAN COSMOPOLITE.

Petite comédie d'actualité ornée d'un épilogue.

—

La scène s'est passée il y a un mois, se passe aujourd'hui et se passera demain matin.'

PREMIER TABLEAU.

Le théâtre représente le cabinet de M. Gripardet, éditeur. A droite, des additions; à gauche, des multiplications; au milieu, des soustractions.

M. Gripardet (assis devant son bureau et contemplant des gravures avec attention). — Hé ! hé ! c'est là une excellente idée! Oui, ma foi, plus j'y réfléchis et plus je trouve... Ah ! vous voulez, ô candide public, des actualités ! Ah ! il faut vous

14•

parler de la guerre et de l'Italie ! Eh ! bien, on
vous en parlera. (Lisant le titre d'une gravure.)
Vue des environs de Pézenas ; pourquoi Pézenas
et non pas Palestro ? Des arbres sont toujours des
arbres et les maisons toujours des maisons. C'est
décidé. (Il efface *Pézenas* et écrit *Palestro.*)
Quelle inspiration d'avoir acheté à l'encan ce
vieux lot de planches ! j'ai là des gravures de
quoi illustrer dix volumes. (Continuant à lire le
titre des dessins.) *Le fleuve Bleu. Chine.* Pourquoi pas les *Bords de la Sesia ?* Diable ! il y a
une espèce de pagode ; mettons : *Un chalet sur les
bords de la Sesia.* Qui diable pourrait me bâtir
cela dans les prix doux ?... Un écrivain connu
me demanderait des sommes folles, vu la circonstance... j'ai entendu parler de deux jeunes gens
qui demeurent là-haut au sixième et qui se livrent à un goût malheureux pour les belles-let-
tres... Cela doit être mon affaire... (Il met ses
gravures en ordre et se dispose à sortir.)

SECOND TABLEAU.

Vingt-quatre heure après. — Une mansarde en négligé. Aux fenêtres, la moitié d'une couverture pour figurer le brocard de rideaux absents. Pour siége deux lits composés chacun d'une demi-paillasse et d'un quart de matelas. Sur la cheminée une bouteille qui a pu contenir du vin, mais qui, pour le moment, ne contient qu'une bougie éteinte. — MM. Jules et Albert, littérateurs de la plus belle espérance, se livrent, tout en devisant, à la consommation d'un fragment de saucisson.)

Jules. — Dire qu'il y des gens en ce moment qui ont la lâcheté de déguster du pâté de foie gras sans nous en faire part !

Albert. — O fortune ! tu es pour nous d'un sérieux ! As-tu vu rire la fortune, toi ?

Jules. — Patience ! quand notre fâmeux roman...

Albert. — Merci bien ! Avec la guerre, il est frais, notre roman !

Jules. — Qui sait ? La Providence... Tiens, on

frappe. Entrez, ô Providence ! je laisse toujours la clé sur la porte à votre intention. Diable ! elle a des cheveux gris et un habit noisette... (Saluant.) Monsieur...

Gripardet. —'Jeune homme, ne vous dérangez pas, je vous en prie. C'est bien à messieurs Jules et Albert que j'ai l'honneur de parler ?

Jules (s'inclinant.)— Oui, Monsieur, c'est moi.

Gripardet. — Vous vous livrez à la littérature ?

Albert. — Oui, monsieur.

Gripardet (à part en regardant autour de lui) — Cela se voit. (Haut.) Monsieur, j'aurais une affaire à vous proposer. J'ai l'intention de publier un roman d'actualité italienne et.je viens vous offrir de le faire.

Jules. —, Monsieur, cette galante proposition vous concilie toutes nos sympathies.

Gripardet. — Très-flatté ! Mais ce n'est pas tout : il me faut ce roman dans trois jours.

Albert. — Comment ! dans...

Jules (l'interrompant). — Monsieur, vous ne pouviez mieux tomber, nous venons d'achever à l'instant le plan d'une intrigue italienne pleine de couleur locale.

Gripardet. — Vraiment ? Cela tombe à merveille. Et le titre est ?...

Jules. — Pardonnez-moi, monsieur, mais un titre peut être à lui seul une fortune. Vous verrez mon roman et s'il ne vous convient pas...

Gripardet. — J'oubliais de vous dire que je désirerais y intercaler comme illustration une collection de gravures qu'un correspondant m'a envoyées d'Italie.

Jules. — Nous intercalerons tout ce qu'il faudra.

Gripardet. — Les voici.

Jules (regardant la première). — Ah bah !

Gripardet. — Hein ?

Jules. — Rien. Elles sont superbes.

Gripardet. — Quant au prix : cent francs les mille pages.

Albert. — Cent francs ! permettez, monsieur...

Gripardet. — C'est à prendre ou...

Jules. — Marché conclu. Dans trois jours...

Gripardet. — A la bonne heure ! vous êtes raisonnable, vous.

Jules. — N'est-ce pas ?

Gripardet. — Oui, j'aime les gens ronds en affaires. Ayez soin des gravures et à dimanche ; surtout amenez bien les sujets. A revoir ! (Il sort.)

Jules. — A revoir... Pardon de ne pas vous reconduire, mais je me mets tout de suite à l'ouvrage... Ah ! vieux filou ! tu crois nous fourrer dedans, eh bien ! attends !

Albert. — Mais es-tu fou de lui promettre...

Jules. — Quoi ! un roman dans trois jours ; je

le lui aurais donné tout de suite s'il avait voulu

Albert. — Comment

Jules. — Il est tout fait et nous en parlions encore avant l'arrivée de la Providence...

Albert. — Quoi ! notre étude de mœurs : *la Fiancée de Montrouge* ou *la Banlieue dévoilée ?*... Mais il nous a demandé un roman italien.

Jules. — Parbleu ! j'ai bien entendu. Écoutez plutôt comme cela s'arrange : *La Fiancée de Monte-Rubro* ou *l'Autriche dévoilée*. Hein ! que dis-tu de *Monte-Rubro ?* Suis-moi seulement le temps de voir le premier chapitre. Quant à l'intrigue, un zouave au lieu du jeune fabricant de bougies, un Autrichien au lieu du fruitier de la rue d'Orléans |transformée en *prada Orleanina* le reste à l'avenant. Tous deux se mettent à l'ouvrage avec ardeur et l'on n'entend plus que le grincement des plumes sur le papier.

TROISIÈME TABLEAU.

(Chez Gripardet. — Même décor qu'au premier tableau.)

Albert (entrant). — Monsieur, voici le manuscrit du roman que vous m'avez fait l'honneur...

Gripardet. — Déjà ! mais comment avez-vous pu...

Albert (baissant les yeux d'un air modeste). — Que voulez-vous ? on a le travail si facile.

Gripardet (parcourant le manuscrit. — *La Fiancée de Monte-Rubro...* Joli titre !... Des détails intéressanst, de la couleur locale... Hein ! qu'est-ce que c'est que ça ?

Albert. — Quoi donc ?

Gripardet. — Quoi ?... Parbleu ! cette phrase : « Loïsa sortit de Milan toute rêveuse et se rendit en toute hâte chez sa tante des Batignolles... »

Albert (à part). — Bon ! ce satané Jules a oublié celui-là. (Haut). Pardon, monsieur, il doit y avoir *Batignollini*.

Gripardet. — Vous moquez-vous du monde ! Batignollini n'est pas plus italien que...

Albert. — Pourquoi pas ?

Gripardet. — Comment, pourquoi pas ? Vous me prenez pour un autre, monsieur, et vous avez voulu me tromper à l'aide d'un vieux roman retapé ; mais, grâce au ciel, je vois clair.

Albert. — Ne vous emportez pas, cher monsieur Gripardet, vous êtes si pressé que j'ai cru pouvoir imiter votre exemple.

Gripardet. — Quel exemple ?

Albert. — L'Uruguay, la Chine et Pézenas changés en sites italiens.

Gripardet (troublé). — Que voulez-vous dire ?

Albert. — J'assistais à la vente des dessins et je sais que...

15

Gripardet. — C'est bien, c'est bien !... du moment... Voilà vos cent francs. Remplacez-moi Batignolles par autre chose, et pas un mot de cette affaire si vous tenez à travailler encore pour moi.

Albert. — Muet comme un poisson, cher monsieur Gripardetto, et à ce soir.

EPILOGUE.

(Chez M. Prudhomme.)

M. Prudhomme (interrompant la lecture d'un volume qu'il tient à la main). — Quel joli roman tout de même que cette *Fiancée de Monte-Rubro!* N'est-ce pas, Madame?

Madame Prudhomme. — J'en ai rêvé toute la nuit.

M. Prudhomme. — Et si instructif ! Cela m'a appris une foule de choses que j'ignorais. Faut-il que des auteurs aient voyagé pour être si bien renseignés ! Ah ! les voyages, les voyages!

comme cela vous forme !... Cette scène du lac
d'Autoglio surtout est d'un palpitant... Je voudrais
savoir ce que devient le traître Colimardo. Colimardo ! quels jolis noms ils ont dans ce
pays-là ! A propos, croirais-tu que ce farceur
de Brigodet voulait me soutenir au café
qu'Autoglio n'était pas un village d'Italie... ?
Si ça ne fait pas pitié !... Mais il est dix heures ;
remettons la suite à demain. Adieu, femme !
adieu, fifille !... Diable de Brigodet ! Ces voltai-
riens, ça ne croit à rien... Autoglio ! qu'est-ce qui
ne connaît pas... Bonsoir, fifille, bonsoir !...

LES BONHEURS TERRIBLES.

—

DUO PRÉLIMINAIRE AVEC LE LECTEUR.

— Les bonheurs terribles !... monsieur le moraliste, je vous trouve très-singulièrement original avec votre titre énigmatique.

— Original ? cher lecteur, je crains bien que vous ne me flattiez. J'ose tout simplement espérer que, si vous daignez m'accorder quelques minutes d'attention, vous me trouverez véridique et raisonnable. Depuis trop longtemps, à mon sens, la prose et la poésie bercent le malheur de leur compassion banale. Je veux réparer cette injustice et prouver qu'il est des bonheurs encore plus à plaindre.

— Vous plaisantez, je suppose. Qu'entendez-vous par ce mot : bonheur ?

— Hélas ! cher lecteur, chacun s'en fait ici-bas une définition à sa guise. Je pourrais formuler la mienne en madrigal et vous dire que mon bonheur serait de vous plaire ; mais je hais le madrigal. Vous aussi, n'est-ce pas ? Permettez-moi donc de passer sans autre préambule à ma démonstration, et de commencer l'explication de ma galerie des *bonheurs terribles*, par :

LA JEUNESSE.

Certes, s'il est un bonheur célébré sur tous les tons, envié par tous les regrets, parodié par toutes les muses, c'est bien celui-là. De loin, c'est quelque chose, et de près...

Le printemps et les vingt ans ! L'ivresse de la jeunesse ! Les beaux jours trop courts ! Tant qu'il y aura des rimes pour les romances, et des romances pour les rimes, cela se chantera ainsi. Mais écoutez un peu ce qu'objecte la raison à ce débordement de lyrisme.

— Quel est donc ce monsieur que je vois sur ta liste d'invitation ?

— Oh ! ce n'est rien. C'est un jeune homme qui fera sauter les tapisseries...

— Mon cher monsieur X, avec vous qui êtes jeune, j'agis sans cérémonie. Il vient de nous arriver deux personnes sur lesquelles je ne comptais pas, vous dînerez à ma petite table.

— Mon cher monsieur X, il pleut à verse et ces dames n'ont pas de voitures. Un jeune homme aussi galant que vous ne refusera pas d'aller leur en chercher une.

— Ah ! joubliais, mon cher monsieur X. J'ai quelques billets à placer pour une loterie de bienfaisance. Je suis tellement occupé... Voici les adresses. Vous serez assez obligeant pour les remettre vous-même... Avec vos jambes de jeune homme !...

Ceci n'est que le côté plaisant, il y a malheureusement le côté sérieux.

Avoir vingt ans, c'est posséder un trésor, mais la Banque ne prête pas sur extrait de naissance. Aussi pour la plupart jeunesse est-elle synonyme de pauvreté ! Dans un grenier qu'on est bien... en chanson ! Qu'il est triste, au contraire, d'avoir d'autant moins de pain qu'on a plus de dents.

— Peuh ! ne manquera pas de s'écrier M. Prud'homme, on travaille !

— A merveille ! J'allais précisément solliciter pour ce jouvenceau un emploi.

— Cette place de 4,000 francs !... Allons donc ! vous n'y pensez pas. Il faut là une personne mûre, quelqu'un de posé... Une place de 4,000 francs à un jeune homme...

Encore et toujours cette maudite jeunesse ! Des rides, s'il vous plait ! et qu'on ne me parle plus de ce bonheur terrible.

A côté de celui-là je placerai, si vous le voulez bien

LES BIENFAITS DE L'ÉDUCATION

Loin de moi, j'ai hâte de le déclarer, l'idée d'applaudir aux théories grotesques mises de nos jours en circulation par certaines gens. Laissons-les, du bas de leur ignorance, lancer au-dessus d'eux des boulettes de papier qui leur retombent sur le nez. Laissons-les rire des *palmes universitaires*... Elles sont trop vertes, parbleu !...

L'instruction, Dieu merci, ne nuit pas plus à l'intelligence que l'exercice n'engendre la paralysie.

Mais combien d'appelés et combien peu d'élus!

Comme cette jeune fille aurait bien tiré le cordon dans la loge maternelle! Pourquoi avoir greffé ce fruit sec sur le tronc déjà rabougri du Conservatoire? Une mauvaise actrice ne compensera jamais la perte d'une bonne portière.

Et ce pauvre hère aux habits rapés! Il eut fait sans doute un brave mécanicien, un digne agriculteur, un parfait calicot, un arpenteur, un tailleur, un coiffeur, un pisciculteur...

Halte-là! vous oubliez qu'il a des humanités, qu'il a vécu dans l'intimité de Cicéron, qu'il s'est promené dans le *jardin des racines grecques*... Ah! pour l'amour du grec, souffrez qu'il se dessèche! qu'il traîne le boulet de l'amour-propre! qu'il soit rivé à la chaîne de l'oisiveté forcée! Orthographe oblige. Il sort bon an mal an dix mille bacheliers de la fabrique. Il s'en consomme environ douze cents. Et les autres? Les autres vous diront si les bienfaits de l'éducation sont un bonheur terrible.

Inscrivons au troisième rang

LA SANTÉ

Un bien que, comme tous les biens, on poursuit quand on ne l'a pas. Mais quand on l'a... Essayez de féliciter cette dame sur sa mine florissante. Ajoutez par mégarde que vous la trouvez engraissée... Engraissée ! ô ciel ! Vous la verrez pâlir, se troubler, et demain elle déjeunera de deux cuillerées du plus pur vinaigre qu'Orléans produise.

Ma fortune pour une heure d'appétit ! soupire ce valétudinaire. — J'ai connu, moi, un malheureux garçon qui a manqué le plus brillant mariage parce qu'il avait, devant sa fiancée, redemandé trois fois du rosbif ! L'infortuné avait un frère, son vivant contraste.

Autant l'un était robuste, autant l'autre était

frêle. Pour l'un toutes les mésaventures, pour l'autre toutes les prévenances. Deux fois l'Hercule de la famille fut obligé de croiser le fer avec des adversaires qui n'avaient pas voulu provoquer son frère — un homme qu'un souffle aurait renversé. Pour celui-ci la meilleure place au coin du feu, pour lui les vins des fins crûs, pour lui dispense de se soumettre aux lois de la politesse... Un homme si délicat !

L'homme si délicat mourra de vieillesse à soixante et onze ans ; son frère, l'Hercule, a succombé à trente aux suites d'une attaque d'apoplexie.

Plaçons au dessous de la santé

LA BEAUTÉ

Être beau ! Pour un homme, le monde traduit immédiatement : Être bête, être fat, être vain.

Pour une femme... si cette femme est la vôtre, Dieu vous protège! Le mari d'une femme belle n'est-il pas en effet la cible de toutes les railleries, de toutes les jalousies, de toutes les attaques? Présent, on le regarde comme un accapareur. Absent...

Je laisse aux vaudevilles ce sujet trop rebattu, et je passe à

L'ESPRIT

Arme précieuse qui n'a que le défaut de se retourner contre celui qui la tient.

Avec cette phrase : C'est un garçon d'esprit, on vous exclut à jamais de la caste des gens graves et sérieux. Un *garçon d'esprit* ne sera jamais reçu membre d'aucune société de statistique ; l'académie des numismates lui fermera impitoyablement ses portes. Il aurait beau mettre des cravates blanches, on ne croit pas aux cravates blanches des *garçons d'esprits.*

En revanche, chacun de ses bons mots lui sera tenu par quelqu'un pour offense. Semez de l'esprit, les ennemis poussent tout seuls. Si javais un fils, je lui ferais méditer ces vers du fabuliste :

> Sois plutôt un simple imbécile
> J'en ai vu beaucoup réussir.

Et pour le confirmer dans les résultats de ses méditations, je lui signalerais l'écueil de cet autre bonheur terrible qu'on appelle

LE SUCCÈS

Le grand succès, le succès foudroyant, le seul que connaisse notre époque. En huit jours un nom inconnu est annoncé aux quatre coins de la publicité.

Pour cela il a suffi d'un roman de trois cents pages, ou d'une pièce en cinq actes. Jadis on était était plus exigeant. On n'avait pas inventé la vapeur.

Mais un an s'est à peine écoulé :

— Un tel fini, usé, épuisé. Je savais bien qu'il n'avait pas grand chose dans la cervelle. On l'a tant louangé que la tête lui a tourné... A un autre !

Ensuite arrangez-vous comme vous voudrez. C'est décrété. Vous resterez toute votre vie l'auteur de... (Ici le titre de l'œuvre au succès foudroyant.) ce succès qui vous écrase et écrase votre avenir de sa redoutable énormité.

Les réputations prennent à présent le chemin de fer, mais elles déraillent. C'est logique.

Que serait-ce si je voulais poursuivre? De tout temps le théâtre a rangé dans ses pièces de conventions la perspective de

L'ONCLE A HÉRITAGE.

J'en sais un de ces neveux-là. Pendant tout l'existence avunculaire, je l'ai vu attaché à ses *espérances* par des liens inflexibles. Le brave oncle! Il fallait le promener, le choyer, obéir à ses caprices, rire à ses saillies, admirer ses tableaux, flatter son perroquet, exalter son goût, ménager ses rhumatismes.

Un oncle qui pouvait vous déshériter.

Après vingt-deux ans de cette vie, l'oncle se décida à trépasser. Il laissait cent deux mille francs de dettes.

A l'heure qui est les amis du neveu dont l'avenir a été sacrifié, répètent encore avec amertume que c'est un ladre, qui n'a pas voulu leur prêter un écu sur son magnifique héritage.

Bonheur terrible aussi ce qu'on nomme vulgairement

LE BRAS LONG.

Une fois — d'aventure — vous avez pu rendre un service : obtenir une place de garçon de bureau au filleul de votre chapelier.

De ce jour vous êtes un homme qui a le *bras long*. De ce jour par conséquent : lettres, suppliques, placets, solliciteurs envahissent votre repos.

— Vous qui n'avez qu'un mot à dire... Vous qui êtes si influent... Vous qui pouvez tout... Vous en un mot qui avez le bras long...

— Mais je vous assure...

— Très-bien! un refus !... si c'était un autre qui vous fît la demande...

Du coup vous voilà à la caisse d'Épargne cent *vendetta* qui ne pardonneront pas,

Bonheurs terribles les qualités chères au sage. Bonheur terrible la modestie qui nous fait préférer un niais fanfaron. Bonheur terrible la franchise qui nous livre à l'exploitation de l'hypocrisie. Bonheur terrible...

— Pardon, cher lecteur, vous m'interrompez? que dites-vous?

— Je dis, monsieur le rédacteur, qu'à ce compte vous me souhaiteriez donc d'être octogénaire, ignorant, malingre, laid, bête, inconnu, pauvre, sans crédit et orné tous les défauts? Avouez que vous voulez rire.

— De grand cœur si vous consentez à rire avec moi!

EN BALLON CAPTIF

—

... Et Thomas Vireloque ayant ouï raconter que tous les jours avaient lieu dans un emplacement *ad hoc* des ascensions captives d'un réel intérêt, le bonhomme célébré par Gavarni prit en main son bâton noueux et se dirigea vers le Champ-de-Mars.

Arrivé à l'avenue Suffren, il fut averti par un rassemblement de badauds stationnant devant l'entrée que c'était bien là le lieu consacré. Des affiches jaunes, collées a la porte, invitaient d'ailleurs les amateurs à entrer moyennant la bagatelle d'un franc ; les affiches ajoutaient que ceux qui tenaient à monter dans ballon n'avaient qu'à verser un louis.

Thomas Vireloque s'approcha bravement du tourniquet :

— Monsieur, dit-il à l'employé, je suis philosophe de profession.

— Que voulez-vous que j'y fasse?

— J'ai dans l'idée qu'en se rapprochant de là-haut on doit avoir des impressions toutes particulières sur ce qui reste en bas.

— C'est vingt francs !

— Oncques de ma vie je ne fus en possession d'une somme aussi forte.

— C'est vingt francs, répéta l'employé.

— Nous ne nous comprenons pas...

Heureusement, vint à passer par là un ami de Vireloque, écrivain connu, qui, le prenant bravement sous le bras, lui fit franchir le seuil défendu par la vigilance d'un percepteur.

*
* *

Dans l'enceinte, toute de toile entourée, un nombreux public regardait.

Il regardait la machine à vapeur enroulant la longue corde sur le tambour de fer. Le ballon revenait rapidement attiré vers le sol par une force irrésistible. Bientôt il toucha terre, et les passagers descendirent à l'aide de la passerelle. On appela de nouveaux élus.

Un monsieur et une dame se présentèrent, mais la, femme se ravisant :

— Monte d'abord pour voir, dit-elle au monsieur.

— Deux époux, grommela Vireloque entre ses dents.

Et il prit place à son tour.

On commença à monter, à monter, à monter; on dépassa le faîte des maisons et le faîte des arbres, la terre s'éloignait, les hommes n'apparaissaient plus que gros comme des fourmis, l'œil découvrait un panorama immense.

— Aoh! fit un Anglais.

— Milord a besoin d'un cicérone, à ce que je vois, répondit Thomas; si Milord veut... je me chargerai volontiers..... et gratis.

*
* *

— Aoh! refit l'Anglais.

— Là-bas, ce petit monument à colonnes, c'est un ministère. On dirait un joujou, pas vrai ? et on ne se tromperait pas tout à fait. Les dignités, les places, n'est-ce pas les joujoux des grands enfants ?... Crâne coup d'œil tout de même. Je me disais bien que le spectacle devait être instructif.

— Aoh ! opina encore l'Anglais.

.·.

— C'est égal, je ne m'attendais pas à tant de rapprochements édifiants. Voyez-vous, milord, quand on embrasse l'ensemble d'une capitale, comme ça paraît petit ce que les hommes appellent une grande ville. Le regard en fait le tour en trois secondes ; bon pour des millions de vices, de vertus, de colères, de bonté, de ridicules, d'infamies.....

Là-dessous, c'est l'Exposition, le grand bazar international. Tout ce qu'on entend ici du bruit fait dans cette vaste fourmilière, c'est l'écho d'une grosse caisse qui tousse dans l'orchestre d'un café beuglant. Un symbole, milord. Elle est résumée là toute la poétique du jour : boniment et recette ! Passez au bureau !

— Aoh ! yes, murmura l'Anglais.

     *
     * *

— Misère et corde ! reprit Vireloque ; c'est qu'il n'y a pas à dire, on a ici sous les yeux toute la civilisation moderne se déduisant par ses édifices. Suivez-moi bi n, milord.

A droite, cette grande cour où grouillent pas mal de monde, c'est ce que nous 'appelons une caserne. Plus loin, ce dôme, c'est ce que nous appelons les Invalides. La première et la dernière étape de madame la Gloire.

Ma parole d'honneur, cela se lit comme un livre, le panorama parisien. Apercevez-vous un toit surmonté de paratonnerres dans ce pâté de maisons, là, au bout de mon doigt ? la Bourse, milord ; suivez bien maintenant la ligne que décrit mon index.

Autre édifice de moindre proportion. Ça se nomme la Morgue. Il y en a plus d'un qui a fait le trajet direct de ceci à cela.

*
* *

Vireloque contemplait toujours.

— Comme ça se trouve ! On mettrait les deux pointes d'un compas sur ces deux extrêmes qui se touchent si souvent. Attention, milord, distinguez-vous cette énorme rangée de fenêtres se profilant dans le lointain ? On dirait d'ici un petit hochet de Nuremberg ; le hochet a nom Bicêtre.

Il exécute un vis-à-vis ironique avec cet autre dôme qui fait rêver les apprentis pâtissiers en train d'étudier les moules à biscuits. Le moule à biscuits est le Panthéon.

Aux grands hommes la patrie reconnaissante, ce qui veut dire, que, la plupart du temps, quand ils sont plus grands que nature, on les expédie à Bicêtre, tandis que le Panthéon reste vide de locataires.

*
* *

— Quand on prend des dômes, on n'en saurait

trop prendre, à ce qu'il paraît, Continuez, milord,
à bien suivre mes indications. Ce dessus de marmite renversée, c'est l'Institut, un endroit où l'on
remise en général les écrivains qui n'ont pas
assez de talent.

Quant à ceux qui en ont trop, il y a pour les
recevoir, plus loin, en remontant la ligne tracée
par la Seine, un local qui s'intitule Hôtel-Dieu.

— Entre les deux, milord, sur votre droite,
vous découvrez un carré de pierres de taille qui
d'ici paraît tout juste gros comme une malle.
C'est la Monnaie, l'endroit où l'on fabrique ces
petits ronds de métal que l'argot appelle des roues
de derrière.

Des roues qui font joliment verser leur monde,
et qui creusent de fameuses ornières !

La preuve en est dans cet autre monceau de pierres de taille qui se dresse à l'horizon : la prison Mazas, s'il vous plaît, milord. Dieu sait combien la Monnaie lui en a envoyé de pratiques.

Misère et corde !

*
* *

Le ballon cependant s'était mis à descendre.

— Dommage, gronda Vireloque ; j'en aurais encore eu long à vous conter comme cela, mais j'espère que vous êtes satisfait de l'échantillon, pas vrai ?

— Aoh ! répéta l'Anglais.

— Quoi, aoh! c'est pas une réponse, ça.

— Aoh !

— Bon, bien, j'y suis ! exclama Vireloque en se frappant le front ; il n'entend pas un mot de français. Et moi qui... Misère et corde, je ne me corrigerai jamais ; je devrais pourtant bien savoir par expérience que quand on fait de la morale on parle toujours à des gens qui ne comprennent pas.

FIN DES PANTINS DU BOULEVARD.

TABLE DES MATIÈRES

FIN DE LA TABLE.

Clermont-de-l'Oise. — Imprimerie de A. DAIX, rue de Condé, 27.